U0057562

AQUARIUS

AQUARIUS

AQUARIUS

AQUARIUS

每個人心中都有一座島嶼，

藉文字呼息而靜謐，

Island，我們心靈的岸。

歡迎來我家

沈信宏◎著

【推薦序】

家醜不可外揚，所以歡迎來我家

文◎吳曉樂（作家）

不要被書名給騙了。還記得那些令人戰慄的童話嗎？對於那些過分誠摯的邀請，都不能輕信。這本《歡迎來我家》也是如此，看似可親，卻在讀者引頸探視時，狠狠把你往前一拽，門倏地闔上，如今你也成為了門後的一員，我家也是你家。

有句俗諺是「撫育一個孩子需要傾全村之力」（It takes a village to raise a child），然而現今人跟人之間的紐帶產生了斷裂，村莊裂解為一個個互不聯繫的小單元，「全村之力」的龐大動能全數傾軋到以小家庭為單位的當代社會。這也是《歡迎來我家》的精髓，每一人物在家庭裡都看似疲憊且迷惘。他們因婚育而襲上了身分，但「家庭」這襲華美的袍子會反過來把人穿走，個體被圍困、拖曳至他們未曾細思的境地。有角色壓抑經年，年老時才驚覺褪衣形同刨膚酷刑，也有角色轉為共犯，虎視眈眈地物色著「抓交替」的對象。裡頭更有夫妻、父母經營起各自的不安於室，或以「靈魂出竅」的手法，為自己擘畫一場小小的奔逃，或一隻腳伸出家庭門檻，以「半調子」的策略來權充求生之道。小孩角色往往無辜，他們無法作主，只能「被選擇」或「被不選擇」，坐視大人裁切自己的身世。美國作家卡森．麥卡勒斯（Carson McCullers）曾言：「小孩的心是脆弱的器官，提早接觸這世界的殘酷將扭曲童心」，書中處處可見小孩如何拗折個人的認知以趨向理想，他們試著撫慰自己，在幻想中悉心縫補家庭的裂縫。

沈信宏縝密鋪述，婚姻不僅僅是愛情的墳墓，也是個體的精緻棺材。「我願意」的可貴，來自個人同意葬送部分自我；而「幸福美滿」的願景背後，是家庭成員的捉對廝殺：小孩索取的關愛漫無邊境，最先被掏空的往往是母親；女性期盼另一半更加參與育兒工事，男性則擔憂在高速競爭的職場中，一旦分心予家庭，將淪為下一批被汰除的戰廢品；或是媳婦跟婆婆借用「母女」的名義共生，卻也像〈再等一下〉中媳婦清洗假牙時的喟嘆：「**她永遠不習慣身上的異物，我也是她生活中的異物**」，植體再怎麼栩栩如生，仍比不上從體內長出來的血肉。凡此種種，最終以〈廢公寓〉的童真之眼說出令人毛骨悚然的結論：「**被困在裡面的人們皆著魔地舔舐自己正隱密泌血的創痕。小孩覺得他們身上滿布裂痕，是因為從家裡墜落，沒有被任何人接住，全身骨肉在地上發出脆亮的、毀滅性的響聲，再像鬼故事說的那樣一再輪迴**」。

沈信宏初試啼聲之作《雲端的丈夫》，即已試著考掘家庭這明暖大義箇中的森森陰氣。〈家中死人〉一文，妻子先指摘丈夫在家中宛如死人，旋即自稱「我也是一個死人」，作為個體的感受與尊嚴被反覆忽略，她的氣息與付出漸漸被「家」給侵奪。〈玫瑰之夜〉的丈夫指證歷歷地對妻子說起兒時在家中目睹怪景，入了夜，家成了鬼屋，裡頭鬼影幢幢。隨著交談深入，丈夫祕密的輪廓於焉浮現：他在記憶中，將家暴現場加工為靈異現象，試著把童年坎坷歸咎於鬼作祟，來試著讓自己好受一些。這回《歡迎來我家》，他仍企圖琢磨家內「日常的光怪陸離」，這回採取部分奇幻元素，以懸浮、鮮豔又不切實際的異想屢屢近逼真實。如〈空白之人〉，主角回到家，身軀就會變得透明，「存在感」從抽象化為具體，詭譎的畫面織入了滑稽的懸念。或是〈歡迎來我家〉雙親齟齬成了卡牌對戰，小孩驚險地進行操盤；〈愛人〉裡的孩子在賽車遊戲的虛擬情境，盡情地表達著對母親與她的情人的怨懟。

不過，綜觀全書，最驚悚的來自最尋常的〈最愛〉一文，文中的「我」是一名照顧新生兒的母親。在他人的注視下（丈夫、婆婆和護理師等等），「我」必須讓自己跟孩子看起來如同海報上的母子那樣和諧、恬謐且相處愉快。而在只有「我」跟孩子的時光，「我」才能坦承自己因生了孩子，身材變形，心靈也跟著扭曲。「我」時而無微不至地看照孩子，時而輕細地傷害著孩子。「我」一會將孩子視為尚未黏合周延的勞作，一會是發聲機括故障的布偶。詭譎的是，「我」也深信自己是孩子手上的發條玩具，孩子看似脆弱無依，卻也深諳控制「我」的訣竅。〈最愛〉一文或許是我近幾年讀過，將母親對孩子的複雜、矛盾情結刻畫得最淋漓盡致的作品。作者筆觸冰冷、節制，然而文中的比喻仔細推敲都大有玄機，他迂迴有致冒犯「母愛絕對且無庸置疑」的價值觀，將對孩子的恨納入母愛的討論框架，也架撐起小說中「百感交集」的空間和境地。

日本著名心理學者河合隼雄說過一句話：「對殘忍沒有免疫力的孩子，將成為殘忍的犧牲品」。這本《歡迎來我家》如同一劑疫苗，沈信宏先植入微量的真實，讀者在微微發燒、隱約不適的同時也長出一些抗體，如此一來，當鬼故事的輪迴終於找上你時，你還來得及掙扎，或乾脆調亮感官，享受著地的轟鳴。但請莫忘一個原則，噓，別跟他人洩漏此書內容，家醜不可外揚，你得跟作者一樣，發出誠摯邀請，而後目睹受邀者一個緊接著一個步入作家的童話。

【推薦序】

世上的各位都不知道，除非你來我家

——讀《歡迎來我家》

文◎盧郁佳（作家、書評家）

村上春樹的小說《海邊的卡夫卡》中，有位中田先生，讀小學時，原本是高材生，卻因事故昏迷。醒來後失憶，喪失讀寫能力，終生領殘障補助，靠打工當偵探代客找貓為生。一隻叫「胡麻」的三色貓走失了，年邁的中田先生在路上問茶色的條紋貓「川村先生」，是不是有虐貓的變態把胡麻抓走了。

但是川村先生有語言障礙，中田聽不懂。一隻叫「咪咪」的幹練暹羅貓來幫忙，她說：「我不願意這樣認為，也不願意想像有這樣的事情，但也不能說沒有這個可能性。中田先生，我雖然不是活了多久，不過卻親眼看過幾次超過想像之外的殘酷光景。很多人以為貓這種東西只會一整天躺在那裡曬太陽，也不做什麼工作，真是輕鬆，可是貓的人生並不是那麼牧歌式的。貓是無力而容易受傷的弱小生物。並不像烏龜那樣有龜殼，也不像鳥那樣有翅膀，不像鼴鼠那樣可以鑽到土裡去，不像變色龍那樣可以改變顏色。**有多少貓每天忍受疼痛，空虛地離開這個世間而去，世上的各位都不知道**。我碰巧住在田邊太太這溫暖的家庭裡，受到孩子們的寵愛，託他們的福而能夠過著沒有不滿的日子。嗯，雖然如此還是有一些辛苦的事。所以成為野貓的話，我相信要活下去是非常辛苦的。」

咪咪說的是貓嗎？咪咪說的是小孩子。大家以為小孩子總是天真無憂、不工作很輕鬆，所以看到小孩子不聽話暴衝，做出亂七八糟的事情，外人總以為是小孩子太壞，任性霸道欠管教，不然就是太懶太笨。說到笨，中田先生有讀寫障礙，川村先生有口語障礙。所以中田先生就是人類界的川村先生。他倆也不是一開始就有障礙，而是因為遇到了「超過想像之外的殘酷光景」，才變成這樣的。小學時代的事故後，中田先生影子的濃度就變成只有別人的一半。

結尾咪咪警告：「中田先生，這裡是非常非常暴力的世界。誰都無法逃出暴力。這件事情請你不要忘記，不管多麼小心都不會太過分。不管對貓或對人都一樣。」

我來此向你報信，其他人都死了。村上春樹對虐兒止於隱喻。像咪咪詮釋貓的無力而容易受傷，暗示大眾視野之外、受傷他者隱形的存在。而沈信宏第一本短篇小說集《歡迎來我家》則從村上春樹止步之處開始，帶讀者直擊傷害的現場。

什麼是「容易受傷」？說「玻璃心」大家就懂了，可是這句罵人話背後的觀點是不懂，相信他沒理由玻璃心，因為大家對原因不知情。近年心理學界提倡「創傷知情學校」：教師等成人看兒童的問題行為，往往視為有計畫、故意搗亂；而難以想像其中有人是被迫、逃避。雖然表面看不出原因，但孩童若在家庭暴力中受創，那麼在學校遇到老師同學輕微的斥責、嘲笑，也會過度喚起創傷體驗而情緒暴走。紙老虎引起受創者的恐慌，無異於真老虎。

《歡迎來我家》洞察問題行為隱藏的家庭祕密，廣博深微，開啟大眾的知情理解。同名短篇〈歡迎來我家〉，父親酗酒失能，母親兼差過勞，自己困在壁癌老公寓，卻把兒子送進貴族小學，寄託下一代脫貧的心願。或許也因這樣的自我期許太過艱難渺茫，父親為尋求肯定，忽然答應兒子在家辦生日會，透過兒子和兒子眾同學的眼睛，照見自己像正常父母，甚至像個大人的理想形象。父母得到了內在嘉獎的撫慰，滋潤滿足離去。受寵若驚的兒子卻難以放手，為延續被愛的體驗，力邀同學回家玩牌卡。

然而，兒子發現邀不太動。同學有財力狂買牌卡、遊戲，才有號召力揪團回家。兒子沒有，只能學爸爸，偷媽媽皮夾的錢去買牌卡。雙方雖有貧富差距，其實父母都是以給錢代替照顧，如電影《寄生上流》貧富家庭互為倒影，一樣寂寞，兩人都轉向以遊戲尋求同儕肯定。原來兒子不懂怎麼交朋友，也不需要朋友，只用朋友肯定來滿足自己。上個世紀的隔代教養兒童，雖然沒有爸媽照顧，但在放學玩捉迷藏、騎馬打仗的友情中仍僥倖順利社會化；但現在水位乾涸，得不到爸媽關注，已徹底傷害了孩童之間感情連結的能力。

表演「好爸媽」的劇場原已完滿落幕，竟被兒子強迫延檔加演。爸媽在家扭打時，兒子甚至通過暗示「觀眾即將進場」瞬間叫停，啟幕把後台變成舞台。怨偶一驚而醒，爸媽角色再度附身，已經狼狽不堪、左支右絀。兒子只能挑大梁扮演爸媽，再衷心渴盼扮演別人，脫離鎖死動彈不得的地獄。同學觀眾成了兒子脫困的按鈕。小孩偷錢，傳統上可能會被寫成兒子受《罪與罰》式的內疚折磨、步步深陷，驚悚推向東窗事發的宿命時刻；〈歡迎來我家〉不只如此，偷錢只是兒子操縱爸媽的冰山一角。困境越是不可溝通，他越是受挫而無望，就越有機會經由困境成為一個故作無辜的沉默操縱者，把他和這輩子會遇到、本有可能伸出援手的人們隔絕開來。

相對的是，媽媽想罵他，欲言又止；想打他，卻僵持。故事的展開無比驚人，原來主題不是兒子偷錢的罪惡感，反而是父母失職的罪惡感，自始至終阻隔了雙方的情感接觸。爸爸辦生日會是因為罪惡感，怕同學看到夫妻吵架也因為罪惡感。但隔著罪惡感，視野扭曲，就看不見兒子實際上日常微小的需要，總以為要大到像生日會才夠滿足期待。疏離深淵，竟再探底。因為爸媽相信了「我不是好爸爸」、「我不是好媽媽」，承擔不起這樣的責難，只能逃避兒子。

〈愛人〉中，單親媽媽忙於上班和戀愛，常幾天不回家，忽略上學兒子吃穿。兒子身上制服髒臭，上學不帶課本，次次考零分，老師打電話要找家長。這些事情，兒子不是藏起來怕媽媽知道，而是急於要媽媽知道。這段情節摺疊藏起了多年來溝通逐漸崩塌、漫長的失語過程：因為兒子把心裡的感受告訴媽媽也沒有用，媽媽不相信，老師也不相信；所以接受了「就算講了也沒有人會相信我」，只能仰賴證據。在他心目中，零分考卷的物證、老師的證詞，遠比他自己更有說服力，才可證明他真的很難過，真的需要媽媽。

同學霸凌他，搶走他的單車。兒子想的是如何自殘，製造藉口不用騎單車上學。說明了他已喪失「告訴老師」、「告訴媽媽」、「告訴同學」等權力。這世界留給他的是，證據可賦予弱者逃避的權力，從恥辱的責難中暫時解救他。《海邊的卡夫卡》的中田先生，影子的濃度變成只有別人的一半，即是隱喻受虐兒的正常能力被剝奪，心理資源匱乏。

而媽媽真的不相信嗎？如果媽媽逃離家累是理直氣壯，那麼她可能會坦然教兒子生活自理才離開，不用悄悄逃走。因為媽媽內心受失職的責難，必須否認，才二次傷害兒子。這些家長酗酒、失業，或因為戀愛忽略小孩的家庭，在困難襲擊中仍是次好的，都不是最糟的情況。成員徹底絕望，是因為二次傷害，由第一波震盪撞牆回彈所造成。本書寫的就是二次傷害，在資源極其有限、放棄協調之下，一個人臨時應急生出來的解決方案，再次把他推下深淵。

●

書中身心超載的太太和媽媽，不會罷工，但學會消極怠工。到頭來，你總會和那些你無法說不的命令拉開距離。因為不允許開口拒絕，所以只能假裝沒聽見。

——〈兩個女人的故事〉中，育兒操勞的上班太太，發現老公忘了帶手機出門，慶幸沒手機也就不用接他電話購物跑腿。

——〈再等一下〉中，母親半癱，兒子捨不得送安養院，接來同住，推到媳婦頭上。婆婆挑剔照顧，辱罵媳婦。媳婦看出婆婆爭寵，因此盡量不在場，減輕婆婆攻擊。表面上媳婦極力和婆婆的需要拉開距離，實際上媳婦就是兒子用來和母親的需要拉開距離的擋箭牌。兒子真是捨不得母親嗎？其實他討厭母親，自己卻不知道。以為自己無權向母親說不，所以只能逃避。

——媽媽無法拒絕兒子，但終究學會向成年兒子告別，拉開距離。像狄更斯《小氣財神》耶誕精靈讓富翁看見自己生命真相，〈退潮〉刻劃空巢寡婦更年期停經變化，讓她遇見三個女人：活力澎拜的女同事忙老公小孩事業，像青年時期的她，對比她現時生活無聊，找不到興趣、一心只想省錢。失智無助的老太太死抱她糾纏不放，影射她恐懼的老後孤單。最後她接到期待的兒子來電，結果卻是兒子的女友嬉鬧搶他手機亂撥，接通了也不回媽媽話。

先前她在泳池邊想起中學游泳課，她來月經，別人在水裡游，她在岸上衣裙整齊K書。表面上她羨慕當年自己青春初綻的身體，實際上她到現在也是同樣矜持不敢下水。兒子上大學不回家，她總打掃他房間，還在空房間插朵花，點出她滿心期待。直到這天意外接了兒子女友電話，她等於被嗆聲才知道被橫刀奪愛失戀。更年期實際是青春期，若她繼續期待兒子會愛她、滿足她，就等於繼續空度游泳課而不下水。於是她編藉口取消和兒子的飯約，轉身下水重訪自己的身體。

與其誓死當個好媽媽、好太太，滿足傳統期待，她們學會了和這期待拉開距離，才能生還。

女人拉開距離時，老公們則隱身於手機巢穴中，受憂慮折磨，不知他拒絕太太求愛多少次，太太才會轉投別人的懷抱：

——〈空白之人〉中，老公眼看著自己被妻兒忽略。

——在〈誰〉中，老公懷疑太太外遇。

——在〈定期保養〉中，主角也蒙受太太外遇的巨大難堪威脅。

小孩偷錢可能不會怕，老公擺爛，表面不會怕，然而偷瞥女人疲憊壓抑的怒火，自己心裡才是步步驚魂。本書生動、優雅、準確解剖人物的心態，下刀毫不留情。在〈誰〉中，老公覺得證實了太太外遇，決定：「**雖然很難，而且麻煩，但他必須割離妻子，重新拼湊生活。**」輕描淡寫點出老公重新經歷了一個小男孩被拋棄的絕望、傷痛、無力感。就像受虐兒被同學霸凌不能告訴師長、家長、同學，只能自己斷尾求生；老公若發現自己被拋棄了，也只能設法先拋棄太太。疏離生於迴避。害怕被拋棄的人，總會因為情緒假警報觸動傷痛而拋棄別人，然後才真正被拋棄。要打斷受虐循環，就跟打斷世襲虐待循環一樣困難。

咪咪說：「中田先生，這裡是非常非常暴力的世界。誰都無法逃出暴力。這件事情請你不要忘記，不管多麼小心都不會太過分。不管對貓或對人都一樣。」

本書以結構精巧的探針剖析家庭祕密謎團，用飽滿的譬喻深情凝視每個成員的苦難，一切配置是那麼靈活老練、進退得體，經得起個個文學獎評審的偏見非難。然而最感人之處，也許是展現笨拙的決心，我們日常所熟悉，容易被現實動搖、被水逆吞噬的決心，這本小說想要去看，想要破解世間那堅不可摧的虐待循環。這樣的決心，超越作者已具備的高度才華技巧，將目光投向幽暗，使讀者可援引他的祝福，從暴力的現場生還，由暗獄攀光線而上。

《歡迎來我家》目錄

歡迎來我家

這天是我的生日，爸爸讓我邀請了幾個同學來家裡。他早上興沖沖地帶我上街，買妥蛋糕、零食和飲料，還想買壽星戴的高帽子，但文具店裡沒有賣，他看見牆上掛著裝飾用的繽紛彩帶，想買回去布置出更熱烈的宴會氣氛，我用時間不夠，且不知道要掛幾條的說法，才成功制止他。爸爸的機車掛鉤吊滿東西，他的腳被擠得只能向外敞開。我在後座小心翼翼地懸起手臂，盡量讓蛋糕遠離所有劇烈的震盪，卻漸漸開始痠疼，趁紅燈時換手，分散注意力，才發現爸爸的後頸原來有如此細密的淡色毛髮，而且他身上聞得到肥皂的味道。

媽媽在家裡打掃，地面清掃得毫無灰塵，腳踩上去光潔冰涼，特別加了地板清潔劑，全家飄蕩著海洋的香氣。桌面的雜物收進不同的抽屜或盒子裡，撕下來的日曆紙都摺成紙盒。本來沾上湯漬菜汁、鋪滿灰塵的桌墊擦回玻璃的樣貌。

我和爸爸到家時，她正蹲下清潔沙發椅的夾縫，用牙籤刮出許多餅乾屑與指甲，還有一些僵硬的食物殘渣。媽媽這次沒有罵我吃東西總是亂掉，我還特別躲開她的眼神，但她只是抬頭看時鐘，叫我趕快把剛買回來的東西準備一下，蛋糕先冰起來。爸爸這次安靜地照媽媽說的做，繼續規律的分工，他的眼神像是調暗的檯燈，縮起來偷藏更多貼身的心事，他幽幽地跟我一起走進廚房，把我手上的蛋糕接走，打開冰箱，挪出可以放的空間。

這是我讀小學以來第一次辦生日宴會。我去過其他同學的，他們都住在整棟像別墅一樣的漂亮透天厝，或是戒備森嚴，有警衛看守，每一道門和電梯都有感應鎖的大樓。他們的家本來就是用來舉辦宴會的，色調統一得像一片乾淨的畫布，任何人物放進去都是鮮豔的主角，家具散發新東西的味道，即使沾上灰塵都還會發亮，灰塵反而是點綴的星點。

我們家住公寓，樓梯間充滿從地下室溢出來的陰暗與潮濕，牆壁不是裂紋就是壁癌，地面都是不知何時搖落的粉塵與漆塊，或是結滾成團的灰塵。我一直認為這樣的通道只能讓習以為常的住戶通行，並不適合讓其他人通往一場宴會。

爸媽終於不是給我幾張鈔票，讓我自己準備要帶去別人家的生日禮物，他們用心替我準備了一場生日宴會，將黝暗的房子刷亮，想讓爬上樓梯時沾滿灰塵的賓客跳進明亮清涼的游泳池。我只需要邀請我想邀請的人，然後坐在椅子上等宴會圍繞著我慢慢成形。

這次來的同學，我都參加過他們的生日派對，終於可以禮尚往來，捲進他們歡樂交替的派對螺旋。爸爸和媽媽看起來很緊張，即使準備工作大致完成了，他們坐一下就會開始左右張望，屁股像繫上彈簧，坐落底就會彈射起身。比如爸爸發現盤子不夠，趕緊叫媽媽拿來，媽媽也不抱怨，立刻準備。媽媽發現沒買紙杯，叫爸爸去買，爸爸立刻從媽媽的皮夾裡翻出鈔票出門，媽媽不在意，只瞥了一眼。他們一直對話，籌備會議不曾終止。

同學陸續出現，我和他們一個一個燦笑地說著：「歡迎來我家！」

爸爸站在我身後，一手壓著我的肩膀，因此我向上站得更挺，如一隻兀立在峰頂的鷹。爸爸的聲線沉穩：「別客氣，當自己家。」

媽媽安排他們入座，問他們要喝哪一種飲料，咕嚕咕嚕地替他們斟滿，嘴角始終掛著溫藹的微笑與日常的問句。

我的家到處都聽得到笑聲，乾淨敞亮，沒有任何陰影與灰塵。爸爸和媽媽一直圍繞在我身邊，感受得到他們身上的熱氣，他們為我唱歌時，我被他們嘴裡的雲朵托著，自由地彈跳與飄浮。

在我們忙於吃各種桌上的食物與蛋糕時，爸爸用大人的樣子問我們話，關心，有時自覺太過嚴肅，或闖入他聽不懂的話題，不知道怎麼回答時，他就低沉地笑；習慣說闖南語的他全程說國語，每個字說得平順，腔調略顯怪異，而且慢，怕舌頭和牙齒在不熟悉的角落撞成一團，聽起來像一個新造出廠的機器人。

媽媽勤奮地收掉剛空下的碗盤，隨時都有乾淨的抹布兜走桌上的渣屑，偶爾還能恰巧笑著把乾掉的話接走。比起享受我的生日宴會，我更專心於觀察嶄新的他們，他們比我更像是站在聚光燈裡，穿新製的華服，扮富麗搶眼的主角。

我們家沒有遊戲，吃完東西，拆完禮物，看一會電視便沒事可做，話題也乾了。我的情緒一直漲得很高，像困在逐漸失氧的船艙裡，頭昏腦脹。我們家沒有冷氣，多從房間搬來一臺電風扇，也吹不散太多人體熏蒸出來的熱氣，我的身體浮出一層薄薄的汗水，體內的黏液再也蓋不住。地板被不同的腳掌反覆踩，黏附曖曖的濕氣。

同學們幾次交換眼神，幾次仰望時鐘，等其中一個開口，便紛紛說爸媽規定的時限到了，差不多得走了。

爸爸依然跟在我身後，一起站在門口，把他們送走，爸爸說著其他爸爸們也會說的：「下次再來玩。」媽媽在廚房洗碗，水槽和碗盤不斷碰撞，把外頭入夜的黑暗與寂靜一一敲碎，灑進家裡。

最後一個同學離開了，我突然感到非常疲憊，像被留在退潮沙灘上的小魚，瞪大半邊的眼珠，腮仍微微張歙。

我一轉身，門便被爸爸關上，很快地，爸爸也消失了，不知道什麼時候拿好鑰匙和錢包，趿著拖鞋出門。媽媽還在洗碗，所有的聲息像泡沫被沖洗殆盡；後來媽媽回到客廳，打開電視，陷入自己的劇情，沒有發現我的落寞，也沒有問起爸爸的行蹤。

我坐在另一張椅子上，等睡覺的時間越來越近，沒專心看電視，便也聽不見裡面的任何聲音。我想起人魚公主的故事，我是不是也曾拿聲音跟深海女巫換取一段奢靡流麗的經歷？怎麼宴會一結束，眼前一切立刻化為泡沫？

我知道同學們最近流行玩卡牌遊戲，常常約去彼此家裡對戰，幾個人剛剛在宴會上曾聊到這個遊戲，還約好地點和時間。我剛剛如果有那套牌，便能和他們玩久一些，可以撐到快到睡覺時間才解散，不用被留在這過分漫長寂靜的夜裡，不知道會有什麼從黑暗裡蔓生出來。而且即使過完生日，還有一整年那麼悠長的時間，也能藉著卡牌，有再把同學約來家裡的理由。

我從生日宴會之後，決意開始追玩這套遊戲，但買一套牌組是不夠的，稀有的強力牌配給太少，一下子就輸掉，被旁邊等候許久的朋友換下場。所以又得不斷買補充包，用錢撈捕稀有的運氣，抽到好牌後更是停不下來，只想趁著好運勢的浪尖再衝到更接近雲朵的地方。

我們幾乎都被約去比較強的同學家裡玩。班上吳同學的家很大，透天別墅，有彎曲的樓梯，每一塊磁磚都有不同的石紋，像擁有一整座山不同層次的心事。不像我們家只有燈泡和燈管，他們家的燈有各種造型，連天花板都是繽紛的花園。去他家通常只會看到他一個人，迎接或送我們離開都是由他開門，我猜想他爸媽可能在別的樓層或別的房間裡，或是出國旅行。

他的牌多到用硬殼大卡冊收納，赤金的閃卡放在最前面幾頁，再來按照金、銀的次序，那些都可以拿去遊戲店賣，我有跟他一起去過，老闆真的會開高價收購轉賣，用尋常無奇的口吻說出不成比例的鉅額，吳同學常常只是撇嘴搖頭，不知道他是真的視如珍寶，還是暗藏著哄抬價格的心計。

原來這世界真是廣闊無邊，而且上下分層，他們在雲朵上生活，什麼都輕飄飄的，眼神可以像鳥的翅膀，拍掃過去，轉眼不見蹤影，只剩隱約迂旋的氣流。

他一整本卡冊都是稀有卡，每次去他家，一定會被拿來翻閱。大家一起檢視他又淘汰了哪些舊卡，插入了什麼更稀奇的新卡，卡冊越來越多本，放在他們家雕花的真木書櫃裡。因此他手邊的套牌精心配製，像能稱霸宇宙的復仇者聯盟，甚至可以針對不同的戰術和敵手備妥好幾套牌，簡直是專業玩家。

我也學他買了一本卡冊，但沒有錢，只能架出表殼，裡面放的只是多餘不用的卡片，珍貴的都帶在隨身使用的牌組裡，像把自己所有財產都帶在身上。我能召喚的最強的怪獸，只是他淘汰下來，連卡冊都不夠資格放入，在抽屜角落堆出高高一疊中的一張。

我把存下來的錢都拿去買補充包，不吃零食、不喝飲料，也不買書和玩具，才漸漸能邀請一些比我弱的同學放學後來家裡玩牌。媽媽回家之後，發現玄關多了同學的鞋子，會先來探望我們，不會像以往那樣直衝廚房趕著煮晚餐，因為她通常要趁這短暫的休息時間把我安頓好，再匆忙出門上下一輪的班，賺更多時薪，養這個對她來說過於巨大的家。

有天媽媽回來的時候，我正擺橫一張新得到的閃卡，攻擊和防禦力都是我目前最高的，是一隻蹲踞在高梯上的噴火龍，張開蝙蝠般的翅翼，綴有刺棘的尾巴有力地攀捲在牆面上，頭型塌扁，有像鱷魚一樣的長嘴，開口噴火更有種深邃的威勢。

橫擺代表召喚出戰，僅能透過圖案想像噴火龍正在房間裡，肚腹劇烈起伏，或許正在燒旺它體腔內的烈火。這時反而是媽媽被召喚進來，握著從冰箱倒來的兩杯飲料，放下之後，環顧我的房間，提醒我要把房間收整齊，走出房門前，將書桌上的衛生紙團握在掌心，順便彎腰把我隨意棄置的髒衣服和襪子收走。那便是我最神氣的時刻，坐著便呼風喚雨，準確預見戰局。

爸爸不常在家，有時同學走了也沒碰見他。有次比較晚送同學下樓時，在停車場遇見，他渙散的眼神使勁聚焦在我們兩個身上，挺直背脊，控制好他醺脹的舌頭，有些結巴地說：「要回家啦？下次再來玩。」我趕緊幫同學答好，推他躲開那團從爸爸口中噴出，逐漸在空氣中擴散的酒氣。

爸爸卻在錯身之際壓住我的肩膀，我下意識向內縮窄，想要結成一顆堅硬的球，卻仍被他緊緊箝住，像握住一個微小的器物。他閉上眼思考，過幾秒鐘後問我：「我好像看過他，叫什麼名字？」他的手又粗又厚，蓄積著火山岩漿般的力道，可以裹牢許多隱密的破碎，一陣陣熱氣從他的掌心灌注進來，從我的臉頰開始，向下燒燙我僵硬的身體。

我們離開之後，同學彷彿被他的氣息熏醉了，還目送他略顯歪斜，漸行漸遠的步伐。

「你爸喝醉了嗎？怎麼還這麼清醒？」他眼裡盡是新奇與興奮，語調和心思都被爸爸身體的酒液迷醉。他可能沒看過那些流連在熱炒店、酒吧、聲色場所的醉漢，爸爸的確比平常染上一層迷濛的油彩，整個人變得奇幻失真，像在燦亮舞臺上表演的明星，能發出不尋常的聲音、滑稽的表情，或扭擺高難度的動作。

我跟著同學一起看爸爸上樓，眼神再稍微抬高一些，媽媽可能正坐在落地窗後的昏黃燈火裡，爸爸晃蕩著濃烈的酒氣踏上樓梯，像踩在引火的導線上，我不知道家裡會發生什麼事。

窗後的黃光果然突然刷暗，我轉頭，決定陪他慢慢走回只隔幾條街的家，多聊一些實戰時的技巧與戰術，交換同學新添購的卡牌資訊。

我想要變得更強，讓我和同學的對戰更加精彩，纏鬥更久，讓他們更有興趣來我家欣賞我珍藏的好牌，但錢始終不夠。我趁媽媽不在家的時候翻她衣櫃的抽屜，底層藏一個厚皮夾，裡面有一疊稀有的紫色鈔票。我只抽一張，她不會發現，沒有損失多少厚度，我卻可以用這些錢多買好多補充包，得到幾張珍奇異獸，或是有助於攻擊與防守的奇幻魔法咒。

我看過爸爸這麼做，我拿的比他少，或許媽媽會覺得是他拿的。

如果媽媽發現是我，我便再趕緊叫同學來我家玩牌，推說是同學叫我買的，或是和同學一起買的，和同學玩得更親密熱烈一些，容不下任何打擾，媽媽就會溫柔地退讓了吧。

後來那個有很多稀奇牌卡的吳同學開始把他多餘的牌分送出去，我們大家真的變得越來越強，糾纏得難分難捨，假日在我家可以玩上半天。直到爸爸睡醒，盥洗完會在旁邊看一陣子，問幾句很大人的話，像是「要不要留下來吃飯？」。然後才悠悠地離開，無聲無息地走出家門。

媽媽煮好飯之後，走出她燠熱的廚房，在圍裙上搓乾她濕漉漉的手，熱切地叫我和同學吃飯。但我看出她的淡漠，她沒叫爸爸，也沒去空蕩的房裡看一眼，彷彿知道他已經出門，或是完全忘了。

原來放棄卡牌的吳同學開始玩起電腦單機遊戲，那是好幾個新奇大盒子，在主機插入碟片，方凸的螢幕就開啟了異世界的入口，可以用滑鼠和指標推移出無盡的地圖，與不同形貌的怪物對敵。

他把很多同學都叫來，圍坐在他身邊看他玩，像招募一群嘈雜的軍師，提供他行軍與作戰的策略，我也看得目不轉睛，陪他征戰一張又一張的地圖，不斷爬升等級與轉職。

他不再像玩卡牌時那樣，總要找到人對戰，才能展開冒險，召喚精心安排的神獸。電腦會替他安排對手，他只需要一個人按幾個鍵，就能組織囊括各種不同職業與物種的戰隊，就是必須耗時把角色練強，累積經驗值與金幣寶石，添購浮誇絢麗、功能豐富的裝備。

常常在我們都要離開的時候，他家裡其他地方依然無聲無息，只有窗外昏暗的光。我們始終不知道他的爸媽在這大屋裡的何處，或是根本不在。他送我們離開之後，又將駝背上樓，獨自枯坐在電腦前面。天色全暗以後，他弓曲頸項，方形的光幕澆灌在他臉上，他像一株魔幻的植物。遊戲配樂滴滴答答地從喇叭彈射出來，旋律一再重複，像一場不停歇的雨。

我回家之後，同樣空無一人，我得在黑暗裡摸索一段路才可以找到電燈開關。燈亮了之後，事物慢慢找回自己的輪廓，我卻仍然在陰影裡糊散飄蕩，想找人來我家玩，陪我一起等不知去哪的爸媽回家。但大家才剛各自解散，心裡也知道同學們此後只想看電腦遊戲，因為想像的畫面全都活過來了。本來我回家習慣翻閱牌組，卻提不起勁。

我走到沒開燈的房間裡，站在媽媽的衣櫃抽屜前面，這次想一次抽走更多錢，就能直接和遊戲店老闆買幾張最稀有的赤金閃卡。如果這樣的話，同學們絕對有興趣想看，而且會重燃鬥志，想和這張卡展開激烈對決。

正要翻開皮夾的當下，媽媽從床上起身，我嚇得全身劇震，她低聲喝止，怒氣沖沖地瞪著我。我朝皮夾內瞥一眼，才發現裡面完全沒有錢。

她衝到客廳把燈切熄，說爸爸在另一個房間睡覺，喝醉了，千萬不要吵醒他。她可能終於把心裡糾結著，種種過往的困惑都串連在一起，想罵我，卻顧忌著欲言又止。肢體微微晃動，或許想打我，卻和隱形的對象僵持，手像被繩索懸掛半空。在她的臂肘間，我看見過去那個溫柔的媽媽有如轉印在透明的薄膜上，越拉越開，長寬比例漸漸失調。

她咬牙切齒地說：「你跟你爸沒什麼兩樣！」

「你拿錢做什麼？買那些紙牌？那一點用處都沒有，不要浪費我的錢。」

我跟爸爸才不一樣，他日日走出家門，把錢花在我們都不知道的地方。我買的牌是為了帶回家玩，我知道錢可以買到比牌更珍貴的事物，可以得到施放煙火一般的燦爛和快樂。但我什麼都沒說，一心只想趕快打電話叫哪個同學來我家玩，趕快打開奇幻的結界，讓爸媽和我都能掉進去，在另一個場景，幻變成另一群角色。

過一陣子的某個假日，爸媽居然都沒有要出門的意思，我心裡警鈴大作，慌張到坐立難安，頻頻去上廁所，希望沖完水就有人出門。爸爸坐在家中角落，空瞪前方，媽媽在做家事，洗衣服，室內拖鞋啪噠啪噠地在家裡四處打水。兩人不說話，如風帆張立的耳朵撥開嘈雜的聲道，專注傾聽對方的下一個動作。

我到處打電話，想找到一個人來我家玩牌，大家卻都想去看吳同學玩電腦。好不容易找到一個平常沒什麼人和他玩的同學。他說他沒有牌，不會玩，我急著說我會教他怎麼玩，之後或許再帶他去找吳同學，他才勉強願意過來。

我的心終於安定下來，沒吃早餐的肚子也開始恢復飢餓感。我想像如果等一下門鈴響起，爸爸不會再坐在那發呆，他會回神站到我身後，用手臂的重量壓出我心裡那句話：「歡迎來我家！」他會接著說：「當自己家！」然後和同學往來對話，連續的聲音裡有安穩的頻率，話語從我頭頂如傘張開，我能安全地躲在陰影裡。

媽媽瞥見同學來了，將會從她忙碌的家事裡抽出關心我的時間，關心我有沒有口渴，需不需要吃點心，為我打開冰箱，不再經過，不再將自己拉成一條無肉身的導航箭標，我就是她的目的地，她能對我露出穿透烏雲的和煦笑容。

同學還沒來，洗衣機裡的衣服洗好了，媽媽在陽臺晒一長桿的衣服，爸爸躡步探頭確認之後，回到房間，輕輕地翻開媽媽的抽屜。看他這樣鬼鬼祟祟，就好像手中的卡牌突然發展出自己的意志，我心想爸爸這樣子玩不對，結局必死無疑，他完全沒有留意到陷阱，爸爸掉出我的掌心，揭露應該隱藏的底牌。

皮夾裡似乎沒有錢了，爸爸理直氣壯地去跟媽媽要，他說他要帶錢出門，這完全不是爸爸。媽媽憤怒地羞辱他，把他嫌得一無是處，她眼前的爸爸是個黝黑無底的山洞，她朝裡面衝激巨大的聲音，希望他震盪崩坍。

這也不對，一切都失控了，這不是媽媽。

果然爸爸開始丟東西，玻璃碎在地上，像撒開一張大漁網，黑沉的海面點點折光，好險他們穿著室內拖，每一個腳步都磨出粗礪的沙沙聲。我不習慣穿拖鞋，躲在沙發上，覺得磁磚底下藏著齜牙的鯊魚。爸爸衝過來拽媽媽的手臂，拉扯她的頭髮，把她像拖把那樣擰乾，不留一滴殘液。媽媽不斷尖叫，只剩尖利的嘴巴能繼續刮人，四肢像一隻被倒翻的蟑螂那樣狂舞，攪亂所有家具和器物。

我的同學還沒來，戰局卻已經激烈開展，他們互相用攻擊力耗損對方的防禦力。媽媽頭髮凌亂，整張臉漲紅，彷彿要輸送所有的血氣去湮滅爸爸的怒火，爸爸身上臉上都是滲血的爪痕，衣服領口被扯得鬆垮，在糾纏難分的混戰中不斷滑脫，彷彿在替爸爸顫抖。

再這樣下去，兩張牌會一起倒放，埋入墳場牌堆。

我假裝接起沒有響的電話，他們太吵了，所以沒有發現。

直到我用力吼叫：「你快要到了嗎？」

牌終於又重新發回我手裡，他們全都靜下來，各自整理衣裝，用指掌梳理頭髮，血洗乾淨，收拾一身凌亂。爸爸拿妥東西，和以前一樣快速離開家。媽媽躲進她的臥房，將門上鎖，我聽見浴室裡有水聲，安靜下來時，用耳朵貼著門，聽得到嗚咽的伏流。

地上碎掉的東西就留在原地，完全失去踩踏的縫隙，浴室裡的洗衣機蓋子敞開，衣櫃拉出來，因重量向下斜墜，像瀕死的吐舌。媽媽的皮夾攤開掉在地上，卡片散落，枕頭、被子和床罩都被朝外拉，像紛紛從床上出逃。茶几上的紙盒，收納好的帳單、廣告紙散落一地，被傾倒的水杯浸濕。

門鈴按響，同學來了。我沒開門，站在門後反覆練習，試著學爸爸低沉的聲音邀請他進來，用爸爸常說的話：「當自己家！」

怕刺傷腳，於是趕快穿上媽媽的室內拖鞋，撿起掉在地上的水杯，去廚房洗一洗、倒飲料。確定冰箱裡面還有沒有點心，練習溫柔的微笑，用力地在臉頰和眼角擠出一道道具說服力的深紋。

我始終沒有開門歡迎他進來，最後我偷偷把燈都關起來，刻意輕按開關，不觸發任何機括的彈響，躲在黑影裡，靠在門邊等門鈴停止，等所有聲響沉落，等他自己放棄離開。

我手裡拿著一疊準備好的牌，手汗將牌面弄得濕軟變形，輕輕一捏就皺了，表層與裡層剝離。我捏捏我不停滲汗的臉，害怕臉會不會也皺爛了。我將臉貼在冰涼的地板上，由門縫往外看，只能看到同學的鞋，他焦慮地踩踏，很久之後，他終於走下臺階。

我想穿上那雙鞋，這樣我就能看見我是怎樣開心無憂地說：「歡迎來我家。」這樣我就能順利地離開。

愛人

他坐在學校最高樓層的樓梯上，靠著頂樓凹凸不平的鐵門，不時發出鐵板震動彈晃的聲音。他的班級就在樓梯下面，因為是下課時間，鬧哄哄的，像一叢雜亂地翻滾的線團。

他手上有一把小刀，上面蒙著一股濕熱之氣，握著會感覺到薄薄地泛在表面上的水氣聚凝在手指尖端，因為他一直將小刀放在褲子口袋裡。刀片被他推得很前面，陽光折過背後的鐵門，挾帶著銳氣投射在銀亮的刀片上，照得他眼睛白花花的。

他仔細地看著他的手腕，慘白皮膚底下的青紫血管裡好像竄動著巨大而神祕的生物，小刀在另一隻手上，不斷發出一格一格推動時的關節摩擦聲，刀片進進出出，陽光被忽然吐出的刀片盛起，又被擲下。

上課鐘聲響了，徐慢又嚴肅的節奏，他聽見瀰漫在校園各處的雜音伴隨著上課鐘聲漸漸如潮散退，小刀伸縮的聲音變得特別大聲，在窄仄的樓梯間悠悠迴響。

他一直在想，割傷手，是不是就不能騎腳踏車？

但是好像不是這麼回事，除非，流很多血。他彷彿看見他鮮紅的血液從唇般歙張的傷口源源不絕地淌出來，緣著手掌匯進他握著的腳踏車把手裡，繞過那些黑色橡膠的細密止滑螺旋，不斷細碎地向後飛濺，落在柏油路上，像一排輕飄飄的雨水，沒有人會注意，媽媽也不會知道。

他將小刀收起來，塞進汗潮的褲子口袋裡，走下樓回到教室裡。

他馬上就趴下，累極了，他連課本都沒拿出來，書包皺巴巴的懸掛在他的桌側。他只要坐在教室裡，便會不由自主地睡著，他太疲倦了，往往需要等到放學，睡了一整天，七節課，他的倦意才會完全消散。

他一會兒就睡沉了。老師的聲音和粉筆擊樁般的響聲，還有全班一起翻頁那種有如突然降下大雨的聲音，都被他潮濕黏膩的手臂隔阻在外。

他在夢裡回到家，看見媽媽在廚房裡，像個舞者忙碌地翩轉迴旋，她端著一盤剛炒好的青菜，熱氣浮貼在她的臉上，輪廓縹緲浮動，媽媽像一抹水裡的月光。媽媽還說：「等爸爸回來，我們吃飯。」

他好像還夢見，在學校，他們老師拍擊他的桌面，他整張臉都在震動，涎沫激出，斜陳在他的左頰，問他課本在哪，他沒反應，過了一會兒才聽見似的，揭開空蕩蕩的書包，又呆住，再掛回去。

老師指著外面熾烈的陽光，說：「我不要看見你。」他便走往老師指頭的方向，站著，又馬上閉著眼睛，睡著之前，他才想起他沒有爸爸，那個是夢，這個被老師罵的不是。然後，他又搖搖晃晃地睡著了，進入下一個純淨無夢的睡眠。

他在班上很少朋友，包括老師，沒有人想看見他，沒有女孩喜歡他，他的成績太差了，制服永遠都發皺，甚至有時候好多天沒洗，餿臭且泛上黃漬，書包和抽屜都沒有書，像班上同學和老師對他的感覺，空蕩蕩的，孤僻古怪。

他知道他的書放在家裡，封皮還依然簇新發亮。第一次忘記帶書的時候，他打電話回家，恆長的鈴聲像一條水潮，在家裡四處流竄，流進媽媽的房間，流進媽媽的衣櫃，甚至，就在他放置書本的深長書櫃裡發出微小的回音。他想或許下一刻，媽媽就會匆忙地打開門，丟下手上所有用塑膠袋裝著的蔬菜水果，喘吁吁卻隆重地接起電話。所以他一直聽著鈴聲，直到上課鐘聲響起，他都沒有聽到。

後來，他便不再帶書了。老師常常生氣，警告他，再不帶要打電話給媽媽，他一點都不覺得害怕，表情滿不在乎，老師馬上撥了電話，家裡沒人，又撥媽媽的手機，卻只聽見關機後的女性機械音。

他其實希望老師找得到媽媽，讓她知道他並不是個好學生，讓他所有輕飄飄的疲憊與叛逆都能夠降落著地。

他知道老師覺得氣惱極了，或許會在他離開辦公室之後，陰鷙地對同事說：「唉，單親家庭。」

他已經不記得他父親的樣子了，連他居住在臺灣的哪一個縣市城鎮，他都不知道，他童年時期的記憶太過天真，像鬆垮垮的拼圖，一抖就瓦解了。他的記憶因此顯得不完整，不符合老師眼中的常態，他失去屬於父親的那一半記憶區塊，使得他的世界有如戰後城鎮，殘垣廢柱叢立，全都蒙上墨汙的煙塵。

他知道別人怎麼想他，全世界都不懷好意，像老師一樣。所以，他不跟別人說他的真實背景，上臺做自我介紹，他會順暢地說：「我家裡有媽媽，和爸爸……」有同學問他爸爸做什麼的，他有時找了藉口，轉頭就走。也有些時候，他特別有耐心的時候，他會像個小說家，描述建構出一個不過分誇大，就像是真實世界裡的父親。

放學了，他肩頸因為站著打盹而隱隱痠疼。同學告訴他，剛剛老師發考卷，他的考卷被老師丟在講臺旁的地上，同學提醒他去撿。

他提起書包，走到講臺邊彎腰撿起考卷，老師畫了一個肥大的紅圓圈，他收到書包裡。這也沒辦法，他一點也不在乎，他趴在每一張考卷上睡覺，考卷上面浮滿了他豐盛的夢境，關於母親的，和不關於母親的。

他收集每一張考卷，一疊放在書桌上，毫不避諱，他期待媽媽發現這些考卷，或許媽媽整理房間的時候，她會放下手上的拖把，緊咬著下唇，顫抖地捏皺了某一張零分的考卷。

他甚至覺得，只有那些考卷被媽媽憤怒地撕毀，他才會像那些電動遊戲裡的神話故事一樣，在澄靜的光芒中解除封印，解放重生。

他走到車棚，在排列緊密的車陣中尋找自己的腳踏車，輪胎皮和齒輪油的味道瀰漫在悶熱的鐵棚裡，他找不到自己的腳踏車，他原本記得的那個地方像是一塊掉牙的缺口，空出一條狹長的間隙。

他突然感覺到背被拍擊一下，挾帶著一陣橫劈過去的風，他回頭看，自己的腳踏車原來被班上兩個同學騎走了，坐在後面的同學還回過頭衝著他大笑。

他追上去，他們卻騎更快，笑得更大聲，天空陰暗，氣流悶窒，他追得滿身大汗，白色的制服像是塗了一大片膠水，凌亂地皺貼在他的背上，透出清澈的亮澄膚色。他們繞著他打圈，他不停旋轉，頭暈目眩，他恍恍惚惚聽見他們嘲笑他，說他是沒有爸爸的怪胎，叫他乾脆不要來上課，他覺得無地自容，制服好重，好像有潮濕而巨大的重量拉扯著他，他要頹圮了，像是下了一場大雨，使得他草率地憑空紮塑的，屬於父親的那一半，如沙雕般緩緩崩解。

後來真的下起雨來，他不記得他們怎麼將腳踏車還給他的，雨水打落他的頭髮，纏附在他的額眼之間，他為了抬起卡在水溝裡的腳踏車，不停將頭髮撥開，雨水卻順勢滾進他的眼眶裡，刺得他睜不開眼，他弄了很久，才將腳踏車搬出來。車棚裡已經空了大半，零星幾輛車像是被遺棄了一樣，欹斜地兀立在烏黑的陰影裡。

他想起他的雨衣被那兩個同學拿走了，他們好像說是要借一下，就只是借一下。所以他便披著雨回家，雨水在他的身體裡爬竄，一條一條地帶走他身上的熱度。

他不記得那些同學的臉，他的腦子裡全是媽媽，好像她才是罪魁禍首，在整個陰暗無光的世界裡，媽媽站立在中心，聚光燈集中在她身上，包括爸爸、同學、老師，周圍全都沒入無盡的黑暗，媽媽是源頭。

他住在公寓裡，將腳踏車停妥之後，他打開樓下大門，樓梯間陷入一片黑暗，他摸索乾裂的牆面，想開燈，找到開關之後上下撥按，等待許久卻沒有反應，他索性直接走上陡峭的樓梯，第一階就早踏了，以為腳一跨就是階梯，卻空無一物，便稍稍顛躓一下。

他靈機一動，攀著扶手爬上一層樓，然後從最高處往下看，覺得黑漆漆的，像一座無底的山坳，他吸了一口氣，縱身一跳，在空中將腳扳折出一個奇怪的角度，讓腳踝著地，果然劇烈的疼痛從腳底利箭般刺湧上來，有如吹氣球一樣，迅速發紅腫脹。

他跪在地上，站不起來，他想這樣就不能騎腳踏車了，與其割手，扭傷腳才是根本的方法，他覺得他聰明極了，跛蹇地走到家門前面，找出沖過雨水冰冰涼涼的鑰匙，打開門。

轟隆隆的雨聲和陰晦的空氣立刻撲襲上來。

他踩著濕透的襪子，一跛一跛地穿過黑暗的客廳，打開燈，家裡沒有媽媽的痕跡，早上他喝牛奶的杯子還放在茶几上，杯壁內側乾繞了一環白色的圈，腥臊變質的奶氣悠悠繚繞，他趕著出門急忙換下的便衣也還掉在地上，他撿起來，幾隻小蟑螂倉皇逃遁，他聞了聞，酸氣濃重，媽媽近來不常洗衣服，他一件衣服也相對穿得久了，他把衣服丟進如丘賁隆的衣籃裡，也將濕透的衣褲換下。

他把杯子洗淨，提著書包回到自己的房間，經過媽媽的房間，探頭看，棉被齊整地疊在枕頭上，像是荒野中的小土丘。窗簾全都拉起來，使得房間像一座杳無人跡的山洞。

媽媽已經很多天晚上不在家裡睡覺了。

他想像媽媽以前那樣，把棉被套進塑膠袋裡，收回高處的櫃子裡。媽媽以前總是在清理和隔離灰塵，冬天到了便把每一架電風扇用黑色的大塑膠袋包起來，夏天則是把海綿椅墊收回高架上，用牛皮紙嚴密地罩蓋住，平時則是拄著拖把在每一塊地磚上奔跑。

他走進自己房間，覺得腳上沾了一層厚厚的灰塵，抬腳一看，果然滿是汙黑的泥塵。他發現他的考卷飛散四處，有幾張還在不安地捲動紙角，騰空飄移。書桌旁邊的窗戶沒有關上，風雨大肆進襲，他將考卷一張張收齊，好幾張紅墨都被雨水暈開了，甚至乾乾鬆鬆地像一片枯槁的落葉。

關上窗戶，攏齊考卷，重新放回書桌上。

他笑了笑，反而是被這場雨先看到他的爛考卷了，還氣得把考卷亂甩呢，儘管現在，仍是氣憤難平地繼續透過窗縫對著他洶洶號斥。

他把書包那張今天發的考卷也拿出來，壓在最上端。

走出房間，坐在亮晃晃的客廳裡，打開電視，四周廊道與房間像是黝黑的泉穴，不停漫湧出無光的漆黑水澤，侵蝕光亮的客廳中心。他把電視聲音調高，隨意切換著頻道，流行歌飽滿紛雜的配樂與單薄的人聲，一線女主持人誇張的笑聲，充滿商業誘惑力的穩厚聲線，音樂、人聲、音樂、人聲，快速切換，所有的聲音開始無法由頻道的兩位數字清楚隔絕開來，日語英語中文在轉瞬間混雜糅合，他彷彿看到電視變成一個焦躁的精神病患者，在他面前不斷地移動，抽換身上的光影與色調，以巨大焦躁的音量朝他歇斯底里地嘶吼。

他不覺得害怕，他等媽媽回來，煮飯，或是因為回家後又趕著出門，所以可能是帶回來一袋溫熱的便當。

他中午在學校儘管餓，卻吃很少，所以晚上總是吃得很多，媽媽知道他的胃口，所以便當裡總會多一包白飯，他會小心翼翼地解開束口的橡皮筋，將飽實的飯粒抖進飯盒裡。

他會安靜地將飯菜都吃完，趕在媽媽再出門之前。他想要媽媽看到他吃完了，就像以前，媽媽看他吃完之後，會問他要不要再吃一碗，或是說：「這盤菜，剩一點幫媽媽吃完。」

雨停了，天色暗落，其他樓層的油煙菜氣全從客廳前面那扇大落地窗飄進來，他的肚子裡像是藏了一臺鬧鐘，持續鳴叫，怎樣也無法停止。

他走到冰箱前面，或許可以找到東西吃，橘黃的燈光乍亮，照在空濛濛的白壁與白色欄架上，他發現媽媽沒有買菜，而且，時間有些晚了，他知道媽媽會帶便當回來。

他躺回沙發上，頭有點發暈，頸子靠在大枕上微微痠疼，電視裡節目與節目開始在每一個頻道轉換接棒，那些如漁網般深沉漂移在巨大黝深的電視海洋裡的時間刻度，總在電視的節目紛紛轉換的整點時刻，被整把收束捲扯出來，濕淋淋而赤裸地展露明確的時間。

比如說現在的節目已經從娛樂新聞變成哆啦A夢，時間便已經是晚上七點了，不論現在停留在哪一個頻道，時間的刻度都能被詳細地辨識出來。

他想媽媽應該要回來了，便把電視轉為靜音。那些本來隱伏在各處的微小聲響開始像群受驚的蝴蝶翩亂地飛舞。

樓下是公寓住戶專用的停車場，由於電視的聲音消失了，樓下的聲音便清楚地越過客廳的窗口，一陣一陣潮浪般湧上來，但是他聽到的就只是沉寂中空氣捲進耳穴時盪起的轟轟空響。

突然樓下發出一道悠長的尖銳聲，那是媽媽的機車，他聽見機車在樓下噗噗地熄了火，過不久，樓梯間迴盪著媽媽漸漸放大的腳步聲。

鑰匙入孔的聲音、旋轉、門被拉開的聲音。在媽媽打開門之前，他急忙把電視從靜音轉回了原來的音量，甚至多按了幾下，變得更大聲。

他馬上看到一袋便當，垂掛在媽媽乾燥的手臂上。

他接了過來，撥開那層塑膠袋，一袋額外的白飯就放在便當盒上，滲出灰白水珠。

他加進那些飯，趕緊吃，媽媽在家裡走來走去，他知道媽媽又要出去。他大口扒飯，便當都是一樣的味道。他聽見衣物與身體摩擦的聲音，媽媽換下工作的衣服，長裙翩然甩動，散發著薰人的花香。他撕扯著一大片肉塊，鹹極了，再吞一口飯。媽媽在客廳的鏡前化妝，靠得很近，專注地看著自己，為自己上色。他挖起盛在那些小凹格裡的配菜，水涔涔的，滴灑在他的嘴角。媽媽提起包包，好像想起什麼，又回到鏡子前面，上上下下地打量著自己。要吃完了，要吃完了，他快速咀嚼，感覺不到味道。媽媽張開豔麗青春的嘴唇，說：「我要出去了。」最後一口，他吞下去，門關起來的聲音。來不及問了，他居然開始喘息，口齒菜氣噴進噴出，客廳裡都是媽媽的香味。

其實不用問也知道，媽媽趕去跟愛人約會、過夜。媽媽說他應該叫她的愛人為王伯伯，多陌生的姓氏，他連本人都沒看過。

媽媽會在早上回來，因為她還要趕去上班，如果在他上課之前回來，媽媽會提著一袋早餐，如果等到他出門都還沒回來，他自己去買，但他常常是等到最後一刻，悠長的樓梯間始終悄然無聲，他才出門，在已經遲到的上學路途中買。

他原本要追上如溜滑梯般在樓梯間漸漸溜遠的媽媽的腳步聲，站起來腳卻發疼，又坐回去。

他想跟媽媽說，他的腳扭傷了，不能自己騎腳踏車，請她明天早點回來帶他去上課。

他捧著空的便當紙盒，電視的彩光在油亮的紙盒內熠熠流光，他覺得他的嘴角油膩濕漉，但是他不想動，他的腳太痛了。

電話突然響起，他趕緊接起來，卻是老師的聲音。老師嚴肅地問他媽媽在不在，他說不在，老師立刻發怒，音調高亢地說他騙人，他一股怒氣湧上來，覺得老師太晚打來了，為什麼不早點打來呢？媽媽剛剛還在的，老師真是，真是愚蠢，他用力地將電話掛掉。

他曾經很聽話，用功讀書，做家事，把暴亂的青春過得安安靜靜的，讓媽媽沒有煩憂，他在母親節卡片上寫著：「我會乖乖的，媽媽才可以專心工作」，他知道他做錯了，媽媽反而得到更遼闊平廣的視野，大舉展翅，高飛遠走。

他想起媽媽曾經對他說：「你難道希望媽媽一生孤獨嗎？」他那時候看著媽媽，覺得那些自童年開始縝密縫貼在媽媽身上的注視，全都被媽媽徹底掙脫，媽媽需要更寬廣的世界，他卻被陷困在這樣的家庭裡面，像在深長的井裡，只能空望唯一的母親。

他已經習慣媽媽不在家了，以前小時候，媽媽稍稍晚歸，他會被家裡環伺的黑暗壓迫得喘不過氣，坐在椅子中央，不敢有任何動作，害怕一側頭，便會看見鬼魅張牙舞爪地飄向他。現在不怕黑了，反倒是看見家裡處處都是他的痕跡，亂七八糟的，球鞋不知道為什麼散置在走道中央，垃圾桶爆滿，裡面皆是他丟棄的垃圾，廁所馬桶裡一盆沒沖掉的黃液熏騰著騷氣。他覺得煩躁極了，好像整個家屋混亂的重量跳過消失的父親與逃離的母親，直直地墜下來鎮壓著他。

他不知道他還有哪裡可以去，他想等媽媽回來，一直都是如此。

他先是看了很久的電視，再去洗澡，最後坐到電腦前面，點開遊戲的程式。

那是一種賽車的遊戲，韓國設計的，引進臺灣之後大受歡迎，有好幾種可愛的人物和車型可供選擇。與一般賽車遊戲不同的是，有道具賽的設計，賽道中會在固定的間隔距離中擺放一行懸空浮動的神祕木盒，只要駕車駛過，盒子爆出彩帶和星星花片，還搭配著清脆俏皮的聲音，視窗上就出現了可以妨礙跑在前面車手的道具，飛彈讓他們騰空翻滾，水炸彈得掌握距離，像凌空濺下的巨大水藍色果凍，將前方車手包覆其中，一段時間凝固空中動彈不得；或是有如哈利波特金探子般的水蒼蠅，一按ctrl鍵放出道具，嗡嗡飛出，在畫面上轉旋出曼妙的弧線，立刻追上跑在自己前面一個名次的玩家，用較小的水球將他裹覆住。

他喜歡玩這個遊戲，陰險和報復隱藏在可愛逗趣的人物和配樂之下，他會記得上一場賽程中誰在終線前用水蒼蠅或炸彈陷害他，然後在之後的每一場比賽裡，刻意尾隨著對方，將所有惡毒的道具瞄準對方的車尾，集中轟炸。

他進入遊戲房間，八個車手各自佔據一個方格，有些人按好「準備」，等待遊戲開始，有些人卻遲遲不按，遊戲便無法開始，幾個人不停催促，人物上頭跳出「98」的話框，「走吧」的意思，如果太久，便有人說「tt」，叫室長把他「踢」趕出去。

他一言不發地等著遊戲開始，房間裡的時鐘指著一點，他不想睡覺，整座公寓都進入幽暗的睡眠時光，像沉入深廣海底。

遊戲開始，發出如真正賽車時倒數的機械音，旗幟揮動，他同時按下shift和前進鍵，加速衝出。

他常常猜想媽媽和王伯伯，他們在夜裡開著車，會去哪裡？是不是像他現在一樣，在沙漠水庫的地圖中行駛在陡峭的水庫堤壩上，水潮隆隆湧動的聲音漸近又漸遠，快速滾動的輪胎翻起細密如真的沙塵。

他知道的，一男一女，還能去哪裡呢？他在媽媽的房間裡看到一把汽車旅館的扁梳，在抽屜裡找到未開封的保險套。

他看見前面那輛車一個擦撞，彈出賽道，掉進水庫洶湧的水勢裡，他彷彿覺得，那應該就是王伯伯的車。

在遊戲中，儘管墜落下去，卻會馬上一閃一閃地，有如重生般回歸賽道，他卻希望他們的車就這樣毀滅，將所有骯髒的情慾銷毀，成為閃著火光和黑煙的殘骸。

他的道具欄裡不停出現不同的道具，他想像自己開車追上王伯伯，放出炸彈，用巨大磁鐵將自己吸過去，追撞他，甚至使用自爆水炸彈，一起懸浮在半空中，人物擺出驚訝張口的表情。

他一直玩，一直玩，兩點、三點、四點。

他每個媽媽不在的晚上都是這樣，徹夜不眠，整夜耳際都是車輛高速行駛的聲音，跑過一張張地圖，冰山、沙漠、森林、城鎮……如果玩膩了，他會打開網頁，進去成人聊天室，偽裝成二十歲，一六五公分、四十三公斤的大眼妹，好多飢渴而露骨的暱稱和密語便蜂擁而至。他覺得新奇，自己一行粉紅色的暱稱竟可以換來這麼多熱烈的追求，他像是被所有人愛著，他感到無比幸福。

他會徹底融入年輕女性的角色，細心挑選哪一個人比較不那麼肉慾，不會問他要不要「換訊」，有沒有照，要不要「網愛」，或更直接問他「要不要出來摸胸部？」。他總是會找到一兩個比較內斂的暱稱，跟他們有一句沒一句地亂聊，他可以感受到，電腦彼端的人是多麼寂寞，以致於如此殷切地，用不停跳出的視窗探問著他，他若忘記回話，他們還會可憐兮兮地說：「不理我了喔？」

只有這樣，他才能感受到他自己所認為的，無比真實的愛。

他徹夜不眠是為了等媽媽回來，他不知道為什麼要等，可能他還是像小時候怕黑，怕一個人睡。

只要樓梯間一有聲音，他立刻調小喇叭音量，仔細辨認是不是媽媽的腳步，甚至離開電腦靠到大門邊，拉出一條側縫暗暗窺視。

像現在，他沒有打開門，就只是站在門邊，他剛剛聽到鑰匙打開樓下大門的聲音，他再聽腳步聲，確認是媽媽之後，趕緊用一隻腳跳著回到自己房間，關上電腦螢幕，躺在床上。

才五點媽媽就回來了，似乎有些早。他張大耳朵，如一架吞吃著所有微小灰塵的吸塵器，貪婪地蒐集媽媽的聲音。

他發現媽媽不像平常一樣，今天的腳步特別急躁，也沒有打開電視。他平常會趁著媽媽坐著看電視的時候走出來，好像剛睡醒一樣，媽媽會眼眉帶笑地瞅著他，說：「這麼早起來呀，幫你買了早餐，快去刷牙來吃。」今天他就直接闖出來，斜靠在牆邊，冷然地看著媽媽。

媽媽剛好從房間裡帶出一包旅行袋，突然看見他站在那裡，眼睛快速閃過倉皇尷尬的神色，愣了一下，馬上垂下頭，讓頭髮和大片的黑影洩流下來，遮蓋著臉，默默地繼續動作。撐開旅行袋，把牙刷、衣服還有化妝品都放進去，然後，拉鍊發出如刀刃疾厲擦劃過空氣的聲音。

媽媽走到鏡子前面，補上口紅，梳頭，再退後一些，看看衣服有沒有皺摺，隨手撐抖順理著紊亂的衣料。

媽媽拿出皮包，從裡面抽出一張鈔票，發出紙張彼此摩擦，尖銳刺耳的聲音。媽媽回過頭對他說：「我要去旅行，這五百塊，給你吃飯。」

他已經不想問媽媽任何事了，他想衝上去將那張五百塊撕碎，或是轉頭回房，但他可能是腳太痛了，只能單腳斜站在原地。他感覺自己像個即將被拋棄冷落的情人，滿心怨憤，媽媽是不是覺得，他只是一個錢筒，隨時都張著飢餓的口，肚腔裡發出巨大的空洞回音。有了愛人之後，媽媽便越來越薄弱，直到變成現在這樣一張毫無情感的鈔券。

五百塊被媽媽壓在電視前面，然後她提起旅行袋，弓著腰走過他面前，媽媽的香水味已經淡了，交雜了一些身體熱氣的味道，還有淡淡的菸味。

媽媽從來不抽菸，也從來沒有自己去旅行。他在那一瞬間忘記憤怒，想溫柔地伸手拉住媽媽，想問她，什麼時候、會不會忘記回來？

他覺得整層家屋開始天旋地轉，像一層積木從高空落地後撞擊翻滾，方位混亂。那扇門砰的一聲，他覺得門好像懸在他頭頂，媽媽走出門外就像是氣球一樣向上飄升，他被留在門的底下，如同被留在地穴的陰濕底部。

他轉頭望見窗外陽光熹微綻亮，一道道光線稀弱地癱臥在閃閃發亮的鋼製窗櫺上，屋內只是一片毫無縱深的，濛澹的灰藍。

他看見日曆，上面的日期停留在遙遠遙遠以前，以前是媽媽在撕，媽媽會在早上看晨間新聞的時候順手撕去一張，然後對摺，放到回收紙箱裡，日子在媽媽手中流動，他只要抬頭一望，就知道那天要帶什麼課本，媽媽今天會不會去買菜。現在時光在他面前凝凍了，他腦中都是以前的媽媽，他知道自從媽媽開始用她的約會來記憶日期，自從她把自己的時間轉移託付在愛人身上，那樣如愛人般溫柔的媽媽就不會回來了。

他已經不知道該怎麼愛，該愛誰，甚至，他連自己也不愛了。

他躺在床上，電風扇咿咿呀呀地轉動，像個筋骨僵硬的枯朽老者，一室無光，他闔上了窗簾和窗戶。他不知道該不該去上課，他覺得經過漫長的一夜，腳似乎更痛了，他想還是睡覺好了，反正媽媽去旅行了，跟愛人去旅行了，考卷乾脆丟掉好了，不管考卷放在哪裡，媽媽永遠都不會發現的。或許媽媽回來之後，他的腳就好了，媽媽什麼都不知道，就像他對媽媽的愛人王伯伯一無所知一樣。

又或許，媽媽永遠都不會回來了。

他閉上眼睛，電風扇轉動出好強烈的風，鑽進他的衣服裡面，有些冷，他記得他按了最強的那個按鈕。他瞇著眼，彷彿看見媽媽走進來，像小時候那樣，把電風扇按定，不再轉動，並調往牆壁的方向，像是給牆壁吹涼一般，媽媽不希望風吹到頭，或肚子，會頭疼著涼。

媽媽還會走到窗邊，敞開緊閉的窗簾和窗戶，晴豔的陽光刺得他眼前泛起一片紅烈烈的殘影。媽媽會喃喃地說，空氣都不流通，房裡盡是味道。

他知道這是夢了，他睜開眼睛，房間又冷又黑，時間淵靜地藏匿在每一道陰影裡，跳過他，快速地流換。

他覺得還是在學校比較好睡呢，有人陪著，熱鬧的睡眠。

電話驀然響起，他不管是誰都不想接了，翻了個身，背對著洶湧拍來的鈴聲。他手裡握著之前放在褲子裡被雨水沾濕的小刀，一格一格、一格一格地向前推動濕滑的刀片，推到盡頭之後，又再慢騰騰地收回來。

不久，電話聲停了，小刀的聲音卻斷斷續續地，像一道行將枯涸的懸瀑。

空白之人

他曾經覺得他們都是空白的人，沒有記憶，沒有形體，在他周圍透明地飄浮，他們太幼小、太愚笨，沒有辦法將注意力集中在任一分秒，於是暈散在所有時間和空間裡。他是這個家裡唯一有形體的人，且擁有一顆不停運轉的頭腦，有很多任務等著他完成，他總是踏著匆忙的腳步穿越他們，在不同時間趕往不同地方。他常常感到身體每一個部位持續地磨損，得吃力地控制所有關節才能讓身體不要鬆垮崩毀，繼續運轉。

但沒想到後來情勢突然翻轉。

他將小孩接回家之後，小孩在門口脫鞋，一邊咳嗽，絕對是學校其他小孩傳染回來的，小孩身上散布一些無法辨認的汗漬，隱隱約約也能聞到從不同孩子身上沾來的氣味。他退遠幾步，怕病菌在他體內生根。孩子進門後坐在地上脫襪子，身邊散落著幾塊積木，玩具櫃旁邊掉落了更多。他提著公事包，腳步避開，將鑰匙放好。

小孩將襪子隨手一丟，問：「媽媽咧？」

他不耐煩地回答：「在煮飯啊，去跟媽媽說我們回來了。」孩子消失在眼前，他鬆一口氣，進浴室洗手，一邊呼叫妻子記得幫孩子洗手。他回房間換上輕鬆的家居服。脫衣服的時候，他嚇了一跳，他的身體越來越透明了，由胸口開始，肚子和脖子剩下一些刷淡的肉色，彎下脖子探看，甚至可以透過胸口看到背後的事物，近來只要回家就會如此。他不知道原因，推測是心思不夠專注，像長久不用的電器終會故障。他只好試著在家繼續工作，讓身體以為自己還在公司。

他沒跟任何人說，常常睡一覺起來就好了，時有時無。他害怕給別人看時，突然一點問題也沒有，這樣他可能會被認為是個神經病，或許只是他太疲憊的錯覺。

於是他去客廳拿剛剛放下的公事包，到書桌前坐下，掀開筆電，開始未完的工作。廚房不斷傳來抽油煙機與鍋鏟撞擊金屬的聲音，他一直參照著手邊的資料打字。孩子有時在客廳製造各種聲響，有時來到他身後鑽鑽繞繞，他不知道孩子究竟在做什麼。孩子的注意力像一根仙女棒，燃亮後迅速熄滅。

他覺得不用在孩子身旁嚴密監看，偶爾瞥瞥即可。最後妻子會收拾孩子玩完的殘局，從拉開的抽屜、沒有靠牆放好的車子、倒塌的積木堆……大概就能拼湊出孩子這段時間玩耍的軌跡。

小孩後來一直坐在他後面玩玩具，玩到一半突然站起來，一手抓著兔子娃娃，腳邊蔓延到客廳都是他剛剛玩過隨手扔下的玩具。

「爸爸，手機手機。」

小孩才剛學會說話不到半年，上學之後學會更多詞彙。每次無聊，就會找他要手機看。他點開手機的影片程式，隨便點了一個卡通，架在小桌上讓他看。

廚房傳來抽油煙機被妻子關掉的聲音，他趕緊把手機切滅，收回抽屜。

孩子看見手機被收起來，彷彿是東西被搶走一樣，焦慮扭動，嗚咽著快哭出來。他趕緊小聲地對孩子說：「我們不要看了，媽媽說過，眼睛會壞掉！」

孩子走過去要搶，他伸手拉住，聲音低沉而嚴厲地問：「那你先告訴爸爸，你剛剛看了什麼？」

孩子突然掉進這個問題掘出的巨大空洞裡，停頓之後彷彿在真空中飄浮，孩子果然不記得了。

小孩的記憶工匠還在大腦裡開疆拓土，總是活在當下，每時每刻都集中而熱鬧，未儲存的記憶丟棄在家中各處，吃了一半的玉米棒，只喝一口的養樂多，滿地的玩具，翻到第二頁的繪本。他必須當孩子過小記憶容量的外接硬碟，幫孩子找到每一個遺失的玩具、每一本看過的書。

妻子從廚房走出來，小孩委屈地朝她奔去。妻子接手以後，他回房間繼續打字。他聽見妻子在家各處跑來跑去，孩子反倒沒了聲音。妻子幾次跑進他的書房，走遍每個角落，後來他實在受不了，不耐煩地問妻子：「妳到底在找什麼？」

「兒子的襪子少一隻。」

她一直自言自語，沒有移動，腳一直在原地踩踏。

他聞到一股水分燒乾之後，食物在鍋子上黏燒的焦味，緊張地問妻子：「妳廚房在煮什麼？」

妻子的眼神回到現實，驚顫一下，立刻跑出去，然後就聽到瓦斯爐切滅的響聲，他走到客廳，怕真有什麼意外。孩子就在他身邊閃現流竄。

妻子端著孩子的飯菜走出來，似乎剛剛所有灼燒著她的事都被撲滅了。

他的肚子開始飢鳴，原本想回房間存檔就吃飯，但桌上不像以前一樣擺好他的飯菜。他特別看一下時間，已經快七點半，超過平常他吃飯的時間，是忘記了嗎？妻子安置孩子坐上餐椅，用湯匙俐落地刮著手上的碗，沒有其他多餘的動作，他覺得湯匙似乎都刮在自己的胃壁上，聲音特別空洞響亮。

他變得更加透明，似乎有一條長軸在他身下，滑鼠左右拉曳，他的透明度就會隨著顯示的百分比數字變換。他害怕在這個家裡，他可能會漸漸刷淡成浮水印，最後徹底消失。他不知道自己做錯了什麼事，竟會遭遇到這樣奇怪的情況。

於是他只好走回房間，決定坐下更久，在電腦裡展開更困難的事務，高速運轉腦袋，喚醒自己消散的身體。他要到不同網站蒐集更多的相關資料，才能在主管面前提出更好的提案，展現他真正的實力，避免在公司裡被徹底忽視。他發現最近連同事都不太和他討論想法，他們是需要創意的公司，隨時隨地可能展開腦力激盪的會議。但他覺得自己是兩人三腳遊戲裡，被偷偷剪掉腳踝綁帶的人。

妻子一邊餵孩子飯，一邊和孩子聊天，複習今天在學校發生的事。他斷斷續續地聽到一些內容，但大多重複循環。後來他們開始複習家人的名字，媽媽叫什麼名字，阿嬤叫什麼名字，阿公呢？老師呢？不知道為什麼，他們完全忘記問起他。

網路連線突然斷掉，他習慣連手機行動網路，但剛剛就有些斷斷續續，拉開抽屜看，手機果然消失了。他的工作中止，檔案無法上傳與下載，記憶被截斷，隨著無線網路電波散失在虛空中。網頁只剩下一片空白，他忘記他規劃好的緊密步驟。

他走出房門，妻子沒看見他，正繼續用湯匙刮著碗壁，發出清脆的摩擦聲，一道又一道，不會終止。孩子背對他，手上把玩著小車玩具，幾輛掉在餐椅周圍，他看到一輛又掉下來，只是彈跳幾下，合金車十分堅實，沒有絲毫傷毀。

時間並沒有在妻子與孩子之間流動，眼前的畫面有如從某個時間軸裁剪下來的片段，沒有前因，也沒有後續，或像是一個重複播送的螢幕保護程式。

他緊張地望向自己，是不是自己已經透明到完全消失了，他們才沒有發現他，他才驚恐地發現以為已經恢復色澤的手臂又比之前更透明了。

「欸！」他不悅地叫一聲，自從他開始透明，更容易生氣，想盡快扯來他們的目光，將自己的輪廓描回來。妻子緩緩抬頭，像從很遠的地方慢慢朝他走來，孩子跟著轉頭，像在枕頭上翻了個身，嘴上都是已經乾燥發白的飯漬。

他看著地上繞轉一圈，卻什麼都沒有找到，他蹲在小孩面前，問：「你把爸爸的手機拿到哪裡去了？」

小孩正忙於擺放眼前的各式小車輛，布置他逐漸擴大的停車場。他不小心撥歪幾輛，小孩皺著眉重新擺好。

「我就知道問你也不知道，自己找還比較快。」

他聽說過狗的短期記憶只有一兩分鐘，必須以嗅覺聯想才能勾起長期記憶。那孩子的記憶該如何勾串？或許孩子是以記憶連結記憶，他得拿出手機，孩子才會知道他在說什麼。

他趴到地上找，從沙發夾縫翻出一張揉皺的紙，攤開看，驚訝地說：「欸，看我找到信用卡帳單。」

妻子訝異地說：「在哪？我找好久都找不到。」

他將帳單遞給妻子，已經是一張被揉爛的紙團。

妻子煩躁地將紙展開推平，「就是孩子弄的，你之前還一直怪我。」

他又從電話旁邊的椅子夾縫裡取出一瓶洗面乳，瓶身沾滿細碎的塵渣，他捏住比較乾淨的那一端，遞給妻子。

「怎麼會在那裡！啊！我想起來了，昨天要洗臉時，電話突然響，出來接完就放在旁邊了。」妻子慌亂地說。

「生小孩之後記性會變差，又不是我願意的。」她趕緊將手上的帳單和洗面乳放回原本的位置。

妻子以前是個多麼精明的人，反應快，觀察仔細，又能及時為凝結的氣氛增添幽默。參加聚會時，和所有人熟，總能記得他們各自的往事和近況。雖然不是最美麗的那個，但一定是最活躍的。

和她出門，他只需要提問，或是直接採納妻子的決定，她是他鬱黑腦海裡不時拍閃的靈光。後來約會看電影，他走出電影院只帶出模糊的感覺，但她記下許多清晰的畫面。之後的晚餐，也都經過妻子腦海裡美食地圖的篩選。

後來準備婚禮，多麼繁複細緻的雜項，全靠她一手打理，他就只需要領錢、匯款，打開手機共用的行事曆，確認各種時間和地點。有時婚紗公司、喜宴會場、長輩們交代的事他聽過就忘，她知道，所以預先替他做好完整備忘錄。

生了孩子之後，她懷孕脹大的身體空出巨大的空間，記憶也變得十分寬鬆。她不再像以前那樣耗時整理頭髮，定期花大錢讓設計師巧手燙染，幾秒鐘就能紮起凌亂一束。她起床不再花很多時間化妝，身上、髮上、白皙臉皮上的各式花香完全消散。她只能記得眼前的事情，如果她閉上眼停止所有動作幾分鐘，記憶的繩索失去綁柱，再也無法撐起攔阻事物的帆。重新睜開眼，她可能會完全忘記自己剛剛在做什麼。

她已完全變了一個人，那些她曾有的強大記憶力像是暫時跟他借來的，現在全還給他了。

他還從椅下翻出一張婚紗公司贈送的擺頭娃娃頭像，只剩下妻子的，背後本來有磁鐵，還有電繪的婚紗身形，放入電池便會因斥力不停擺頭。之前孩子拿去玩，結果兩尊身體和他的大頭照不知被丟到哪去？

護貝起來的妻子頭像依然年輕豔麗，即使被丟在沙發底下，依然看得出被孩子的手摸得光滑油亮。

找了十幾分鐘，才在沙發後面找到卡住的手機和那隻沒被好好收好的襪子。孩子如何爬上沙發椅背塞進去的，他根本不知道，妻子覺得很危險，孩子居然在沒人目睹的狀態下爬這麼高。

「你沒有看著他嗎？如果撞到頭就糟了。」她嚴厲的目光朝他刺來。

「妳在忙，我也在忙啊！就算撞到又怎樣，反正他睡一覺，隔天全部忘光光。跟妳沒什麼兩樣。」

妻子不敢置信地看著他，說：「我看是你們家才有失憶的基因吧。難怪你都不回去看你媽。」

他的記憶開始搖晃，妻子會不會說對了，其實忘掉的人是自己，幾次進出，襪子是他收拾時順手放的，手機是他自己忘在那邊？

孩子坐在一邊，異常沉靜地注視著他。孩子確實始終將眼睛專注地投向家裡，目擊諸多證據，心底必已搭建著穩固而巨大的答案。

吃飽走下餐椅的孩子感受到他的不悅，謹慎地戒備著他，躲到妻子身後，怕他走近。他發現自己的手臂肩膀甚至胸口同時填回飽滿的顏色，孩子的眼神彷彿是蘸飽顏料的畫筆。

妻子將餵完的碗放回廚房去，才發現他那盤晚餐沒被端出來，已經冰涼到所有油光都凝固在外，飯菜塌爛在一盤混雜色澤的汁液裡，她趕緊端出來放在客廳的茶几上。

妻子沒再說話，孩子也不敢發出聲音，交換眼神後各自散開。他們母子刻意讓他留在這令人無從躲藏的空白裡。他坐在桌前，膝蓋併攏將自己縮小，駝背低頭扒飯，他發現裡面有一大坨他最討厭的絲瓜，即使冰冷，依然難以下嚥。

妻子和孩子都在背後，小聲地發出零星的聲響，他不知道他們在做什麼，他專注地咀嚼，偶爾滑動螢幕，注視著手機裡翻湧的資訊，電量快速減少，電池欄描出紅框。他覺得他的邊界像濕爛的紙，滲進那條匱乏的紅框。不用檢查，他正變得更加透明。

他吃完飯之後，覺得疲累欲嘔，他不能立刻藉熱水紓壓，因為妻子正在浴室幫孩子洗澡，隔在門板後沾染蒸氣的聲音也變得特別灼燙。

照鏡時他確認自己又透明許多，或許是因為身體想要休息，他趕緊躺在床上，用棉被蓋住頭和肩膀，怕他們發現他空白的身體。雖然試過很多方法，照之前的經驗，最明確有效的方法就是一覺到天明，不只找回輪廓，精神也同時回復，有如遊戲重新開始一樣，所以他很快地睡著了。

他醒來之後，完全不知道時間，也不知道自己身在何處，床、房間和家都消失了，沒有什麼具體空間的邊界，他在無邊無際的透明裡，或者該說他就是透明，像一坨白色顏料滴在白色畫紙上，他甚至看不見自己，只剩下無形的思緒在運轉。

他很驚慌，最害怕的事終於發生了，自己真的完全變透明了。他想冷靜下來，唯一的可能就是他仍在夢裡，他試圖這樣說服自己。

前方突然出現一扇母親家的門，門後傳來妻子的聲音，他想推開門卻沒有手，但門感應到他的意念，自己打開了。可能真的是一場奇幻的夢啊，他周遭的萬事萬物，包括他，彷彿都在輕盈地飄浮。

母親在椅子上昏睡，電視開著，發出巨大的聲響。茶几被各式雜物堆得亂七八糟，還有很多仍裝袋中吃一半的食物。垃圾桶上面飄著好幾隻黑蟲，地板霧濛濛的，有幾塊周圍泛黑的汙漬。

整個家裡封存著一股濕熱氣息，他像掉進一個殘餘少量汁液的飲料空罐，幾袋垃圾堆在門邊，等著母親記起來拿到樓下丟，或是等他們來才幫忙拿去丟。

母親以前是清潔工，被公司派遣到各個辦公室、學校、工廠打掃，她擅長去除各種汙漬，甚至會自行用牙膏、小蘇打粉、鹽、酒精、醋等調配清潔劑，她教會他冰塊可以去除口香糖和地毯的跡印。她晚上還去超市兼職，穿著純白的圍裙、帽子和口罩，在避免沾染任何細菌的狀態下切魚割肉；回到家，身上卻帶著洗不去的生肉和魚腥味。

即使母親這麼忙碌，回家後夜已深，他可能都已經躺在床上，準備入睡，母親依然將家裡打理得乾乾淨淨，廚房水槽裡不曾殘留水漬，浴室的鏡子永遠光滑亮潔。

現在母親退休了，一整天待在家裡，汙漬卻復仇似地爬回來找她，也堵塞了她的記憶。

他聽見妻子輕聲叫喚母親，但他左右張望卻一直沒找到妻子在哪，後來他看見孩子在旁邊，躲在妻子腳後怯怯地喚奶奶。

「欸，秀美啊，你們回來了。」母親直直地看著他和孩子，他才確認自己真的沒有身體，僅存的意識不知為何寓託在妻子的身體裡，他正借用妻子的眼睛觀看當下的一切。

「妳又這樣，看電視看到睡著啦，這電視開這麼大聲，不會吵到鄰居嗎？」他聽見妻子說。

妻子的手拿起遙控器，將音量一直按小，直到聲音快要消失。

母親似乎沒發現這個動作，專心觀察孩子。妻子在未結婚前來他家拜訪，也是這樣越過母親，直接拿著遙控器按小音量，說她耳朵受不了太大的音量。母親乾脆就接過遙控器，用力把電視按滅，在安靜的客廳和我們談話。

他想起訂婚儀式的前幾天，母親特別提醒他，交換戒指時，不要被妻子把戒指套到底，否則一生被妻子壓榨，無法翻身。母親判斷妻子過於強勢，所以相反地，要求他務必要把戒指一次推進妻子的指根。

後來他沒有這麼做，留了一截指骨，但妻子卻順順地將他的戒指套落底。他看見母親在一旁皺緊眉頭，咬緊齒顎，像當初妻子拿走遙控器時一樣。

「唉唷，長這麼大了啊？」母親捏捏孩子的肩膀。

她看見孩子領口上殘留醬汁汙漬，瞇眼湊近細看。「媽媽沒把你衣服洗乾淨啊？」

「媽，那個洗不掉，沒關係啦。」

母親搖著頭走去廚房拿了一杯水和一碟白砂糖，在孩子身上輕輕搓抹。妻子來不及阻止，便仔細觀察，或許也想見證效果。但那股糖粒摩擦的聲音像是刮撓在妻子身上，讓她不停踱步扭動。

後來顏色果然淡一些，母親放下碟子，說：「再多弄幾次，就會完全乾淨了。」

他感受到妻子眼神飄忽，欲言又止，他知道妻子不會再讓孩子穿這件衣服了。

「妳先生呢？沒一起回來啊？」

他心想母親居然能一一清楚地記得他們各自的差別，可見這天狀況不錯。母親的頭腦已經不太清楚，嚴重的時候誰也不記得，不是低聲喃喃自語，就是呆滯地凝望著牆壁上的某個定點。

「他忙，我們自己來的。」妻子將桌上的垃圾清掉。他突然看見自己在書桌前打字的背影隱約浮顯在妻子的記憶裡，他興奮地想鑽進那個專屬於自己的身形，卻一下子就消失了。

「小朋友啊，要不要吃水果？奶奶切給你吃。志丁送餐的時候順便送我鳳梨，很甜，完全不酸、不咬舌。」母親雙手撐著椅子的把手想站起身，乾瘦的手搖搖晃晃，捲皺的皮像紛紛堆在沙灘上的海浪。

「我來就好！」妻子趕在母親之前快步走到廚房，他瞥見母親微微皺眉，不知是不是行動過度吃力。妻子打開冰箱，訝異地說：「還真的有鳳梨！」拿出來，翻開袋子嗅聞，低聲說：「沒壞。」

母親慢慢走過來，向妻子伸手，妻子便將鳳梨遞給母親，她到廚房切成小片。妻子跟在她身後不放心地窺看幾眼。母親把水果端至客廳，在茶几挪出空間放下，幾個小雜物被推落到地上。

「啊，忘記拿叉子了。」母親回身到廚房拿。

孩子這時候想用手拿盤子裡黃澄澄的鳳梨，妻子握住孩子的手，不斷搖頭，把盤子推到更遠的地方。

母親拿了一些叉子，一一直挺挺地插在鳳梨上，坐下後她問：「我以前愛吃的那家麵店搬家了嗎？怎麼我上次騎車去，繞來繞去都找不到。」

「哪一家啊？是剛剛大路上的那一家？」妻子完全不知道。

「奇怪了！我上次還找到迷路，回不了家。」母親若無其事地說。

妻子驚訝地提高聲量回應：「媽，妳去附近吃就好吧，不用跑太遠。看到有什麼就吃什麼，否則迷路也太恐怖了吧！」她伸長脖子偷覷母親頸上刻有聯絡電話的鍊子是否仍在。

「我就想吃麻醬麵。」

「妳有隨身帶著手機嗎？會充電嗎？妳還記得怎麼用嗎？我們的電話就在裡面，迷路的時候就一直按這裡，綠色的鍵。」妻子拾起桌上表面糊黏的手機，指著手機上的小按鈕，湊近母親的眼睛。

「兒子，你常回來吧，我記性越來越差，你和我說話，可以幫我想起一些事。」

妻子低頭，看樣子她知道母親已經完全把她錯當成他了，他果然太久沒回來，才讓母親的記憶線頭找不到椿柱，混纏一團。

妻子可能不習慣這樣的母親，母親以往不曾在妻子面前這般軟弱，她們兩人總朝彼此握緊拳頭，不想露出紕漏被對方趁隙圈縛。妻子覺得遭誤認的自己被託付了太沉重的責任，她根本無力幫母親喚起記憶，或是扭轉現實，她連自己的記憶都快護持不住。於是她假裝低頭看手機，穩住慌亂的情緒後，思考一陣子才回答：「好，我盡量抽空回來。」

「你爸打電話到這裡找你。」

「他好煩。」妻子終於能順暢無礙地用他的角度回答，這省下不少麻煩，不用向母親費時解釋他們兩人的差別。

「你記得嗎？我生你的時候。」

「妳說妳出車禍那次？妳再說說吧，我有些忘了。」妻子的臉色僵硬，另一手在大腿邊偷偷滑動手機，眼神朝下壓斂。她明明不耐煩，卻又裝作很有興味的樣子。母親這段故事已經說過很多遍，妻子和他都聽了無數次。

即使妻子沒有他們母子間的深厚回憶，母親的記憶已經不再需要任何鑰匙，她自然地牽起妻子踏入當初和他一同建造的場景。母親會不會在回溯時，將他過往的臉沿途替換成妻子此刻的臉？妻子知不知道，她正潛入母親的腦子裡偷取關於他的記憶？

「我肚子好大了，騎機車，可能上班太累了吧，撞到前面停住的汽車，飛出去，之後我睜開眼睛，飛好遠喔。」

「我記得妳說妳車都爛了。」

「我褲子磨破了，血一直流出來，站不起來，躺在地上好久，車子一直在我旁邊咻過去，好久之後才被人抬上救護車。他們問我要通知誰，我說誰都不用通知，他太久沒回家，我幾乎快要忘記他了，如果那時候見到你爸，我一定又跟他大吵一架。」

他知道那時父親不常回家，也不是去工作，沒人知道父親去做了什麼，電話根本不接。回來之後沒貢獻繳出任何家用，反而跟母親無止境地討錢。

「肚子不痛嗎？」即使聽這麼多次，妻子還是漸漸緊張起來。

「全身都痛。」母親說得雲淡風輕，嘴角還掛著笑，「你沒事，心跳怦怦怦的，還是很有力。」母親握起妻子的手，輕拍她的手背。

「這太厲害了吧。」

「哪像你們現在年輕人，小問題就出血、安胎，站都站不得。女人不能太精明，就是沒算計到自己。」

他知道這段話是在諷刺妻子，妻子聽到果然冷笑，她懷孕時的確偶爾出血，她似乎不想讓自己淪為母親的話柄，將話題帶回去。「胎兒也很厲害吧。是他頑強抓住妳。」

「可能我一直期待著，多了你一起生活，比起跟你爸兩個人，會更快樂吧。」母親說完，兩人沉默一陣，只有孩子正在看的卡通不斷發出歡快高亢的音樂與配音。

他希望母親不要再說了，他覺得他的專注力越來越弱，彷彿有人開窗，而有如煙霧的他逐漸稀薄。

妻子走到陽臺的落地窗邊，看著窗外。「天色暗得好快，白天的時間變得好短。」他覺得他被窗外的黑暗滲透，他也將成為暗夜。

「你爸沒來過醫院半次。」

妻子搖頭，「他真的是太扯了，不負責任。」

「所以，看他現在老了之後才知道怕，你們一輩子毫無關聯，怕真的被你忘了。」

「妳也別接他的電話吧。」

「誰打來我又不知道，就接了。我這頭腦也太奇怪，害我這麼慘，倒是把他的事記這麼牢，恨他也不對，真希望我趕快把他忘乾淨，不要讓腦中的他跟我一起死。」

「我飯還沒煮，孩子應該餓了。」妻子仍在窗邊，安靜聽樓下的聲音。樓下是巷子裡的停車場，沒有大馬路的嘈雜車流聲，偶爾有車子發動或歇止的聲音。「下面的聲音聽得好清楚，誰回來都大概猜得到吧？」

「記得嗎？你小時候都這樣聽我機車回家的聲音，一整晚。沒辦法，我和你爸離婚，要工作養家，還好你一直都很懂事。

「我每次沒準時回家，你都覺得我出意外了，猜我是不是被送去醫院，把你忘在家裡。

「我還記得妳看見我那個眼神，一個小女生明明在意卻又裝不在乎的感覺，好可愛。看來生女兒果然比較貼心。

「我回家就倒在沙發上，想說休息一下就睡著了，有時候甚至忘記妳還沒吃晚餐！妳也不叫我，就一直安靜地等我。」

母親一直滔滔不絕地說，他悲傷又無奈，妻子已經完全滲入母親的記憶，他用力想要浮現在母親面前，壓制妻子的形象，卻一點用也沒有。

妻子坐在茶几邊，開始用手慢慢吃起盤子裡的鳳梨。

「真的很甜欸，我買的都好酸，又咬舌。」

「妳會買水果？」母親困惑地問。

母親居然還記得他是個不買菜、不買水果的人，他的確總像是寄居在他人的生活之中，水果、飯菜都是妻子打理的。

他感覺到妻子開始在腦子裡想著家裡的水果和菜還夠不夠，需不需要在回家路上採買。雖然這樣說很奇怪，因為這裡可能本來就是妻子的腦袋，但妻子的想法不斷入侵他僅存的微弱意識。

「喔……我老婆啦，我說我老婆買的都很酸。」妻子緊張地改口。

「對對，妳結婚了。欸？妳老公吧，妳不是女的嗎？妳也像我一樣老糊塗了嗎？妳再跟我說一次妳老公叫什麼名字？」

妻子不可置信地回答：「凱明、劉凱明啦。媽，妳不會連妳孫子的名字都忘了吧？」

「欸……你的名字是……？」母親用力盯著孫子的臉，睜大尾端皺垂的眼睛，卻還是沒從眼眶裡擠出半個正確的字。

「媽，我們得回家了，我得趕快回去煮飯了。」妻子無奈地嘆氣，將孩子抱離母親的視線，帶去洗手，收拾孩子帶來的玩具和水壺，埋頭四處奔走，沒再看母親一眼。

「是啊是啊，快回去煮飯吧。」

母親坐回電視前面的椅子上，拿起遙控器將音量重新按大。坐一陣子突然回神，充滿精神地翻找茶几中被雜物埋起的筆，走到月曆前面，將今日的數字圈起來，然後對著月曆喃喃自語。

妻子收好所有東西，把家裡的垃圾一包一包拿到門外暫放，再蹲下幫孩子穿好鞋子，命令孩子和奶奶說再見。

「下次別再這麼久，常回來吧。我好不容易記得妳現在留長頭髮的樣子。我這腦袋，可能有一天真的會完全忘光啊。」母親看著妻子，彷彿也看著消失身形匿藏在其中的他。

妻子點點頭，說：「這幾天我再來幫妳打掃。」

母親聽見立刻回答：「打掃是我的工作，我做了一輩子啊。我每天睡著都還在我腦子裡打掃，一塵不染啊！」

孩子不斷重複地說奶奶再見，奶奶聽一聲便點一次頭，孩子呵呵笑不停，好像覺得這樣很有趣。我看見無數個縮小點頭的母親躍進孩子敞開的口型，躲進孩子記憶的儲櫃裡。

妻子關門之前，聽見電話響起，但可能電視太大聲，母親沒聽到，繼續呆滯地看著電視，接下來手機也響起，母親仍沒聽到，被兩組鈴聲反覆擊打，門鎖扣合，母親也變成一通無人接聽的電話。

他知道那一刻，妻子和他，以及所有事物，在母親腦子裡已經全然消失。

妻子離開之後，中途去超市買了一些蔬菜水果和生活雜貨，他覺得已經透明的自己越來越稀薄，幾乎快要被不斷傾倒進來的大量商品標價壓滅。如果妻子的腦子再沉溺在這些繁瑣的事務上，他會真的完全湮滅，不被任何人記得。

他能夠自行製造與儲存記憶的軀體已經不知消失在何處，是不是還睡在家裡的床上？或是真的早已透明消逝。他像是死去一樣，專屬於他的時間與記憶就此停止。他成為一個僅能寄身憑依於他人的幽魂，就像旁人常說的：「活在別人的記憶裡。」

他看著孩子，卻無法碰觸他。孩子還沒開始好好記憶他，幼小的記憶儲櫃正要開始堆積紙張，他的頁數卻已用盡了。他想像他從妻子的腦子裡飄蕩出來，空白地浮在孩子眼前，孩子再也看不見他，而他也無法鑽進孩子的腦子裡。他覺得非常悲傷，孩子看的方向，不再有他的身影。

至於妻子，只記得幾年的他，他自己選擇疏遠妻子繁忙的生活，鮮少涉足她的記憶，以為這樣可以更專注於自己的生活。

他留存在他人身上的記憶十分淡薄，最後記得他最多的人只剩他自己。

他知道最後他只能返身穿入自己的回憶裡找到自己，彎頭折身鑽進自己透明如洞的身體，幾次之後，他將越縮越小，最後真的就會完全消失了，成為一個空白之人。

誰

小孩準備要睡，妻子躺在裡面，丈夫躺在外面，小孩夾在中間，像兩人之間的牆，因為怕他睡熟之後掉下床。日光燈已經關掉，但三人都沒有睡著，只剩昏黃的夜燈，丈夫和妻子的臉很亮，兩人拿著相同款式的手機，螢幕大，畫質精細，像兩扇他們各自囚室裡的窗，他們分別傾向外側，避免小孩跟著看。小孩兩手揉捏薄被，天花板單薄的色調壓滿眼睛，視線越來越扁平失焦。一個側身，小孩的眼神重新凝聚在丈夫的手機上。

妻子的手機一直傳來微小的震動，她在LINE裡和朋友聊天，有時是文字，更多時候是會動跟不會動的貼圖。她的手機畫面像施放煙火的天空，不斷變幻，閃爍華麗繽紛的色彩。她把半顆頭埋在棉被裡，聊天的話語透過從未停歇的震波傳遞，小孩只看得到她的後腦勺，無法參與她熱鬧卻神祕的祭典。

丈夫發現小孩盯著他的手機，嘖一聲，不再拿著手機，改放到枕頭旁邊，臉頰用枕頭托著，和螢幕形成緊密的夾角，雖然光近距離灼刺，但好像置身電影院，整顆眼球被光幕包裹。最新一集的日劇播到一半，美麗的女主角正急切地說話，音量鍵壓到最低，僅餘雜亂的口型，還有一條條快速翻過的彩色字幕。

小孩想再看爸爸的手機，爬上了他的身體，快速地伸手抓走手機，再翻過媽媽的身體，躲在床邊。

丈夫不耐煩地低吼，叫小孩還他手機，小孩只是抗拒地叫，說不出半個字，自顧自地用小小手指滑弄螢幕。丈夫坐起身，妻子跟著坐起來，她的手機螢幕露出來，亮在兩人之間。丈夫想細看，但字太小，沒辦法看清楚。妻子發現丈夫在看，趕緊翻面。丈夫的視線像被嚇跑的蟑螂，竄到小孩手上的手機停著，他伸出手，想讓小孩自己交還給他。小孩只是一直按壓中間的圓鈕，有時跳出音波扭動的弧線，Siri擺出麥克風圖示表示正在聆聽，有時出現數字圈圈，被小孩隨意填實的始終不是正確的密碼。

他們不知道彼此手機的密碼，他們是彼此有祕密的那種夫妻。兩人在生活規律循環的軌道裡運轉，彼此熟悉，越來越不需要對話，但丈夫開始出現脫離軌道的行為，自己背轉身去，抱著祕密走向陰影深處，以致於她漸漸不了解丈夫。到現在，丈夫的每一個舉動在她眼裡都像是在掩飾祕密，他幾乎不和她說話，她已經不知道他到底是誰？她原本只是觀察，等待丈夫哪一天自己走回來，到後來實在太孤單，只好開始和原本不會特意聯繫的人聊天，與別人建立緊密而熟悉的關係。

妻子有些生氣，丈夫憑什麼偷看她的手機，所有祕密都是被他傳染的，不是嗎？

小孩比較靠近妻子，她伸手想替丈夫拿過來，時間不早，小孩該睡了，小孩只是使勁搖頭，口中糊著一團不成字的聲音。丈夫的手機突然來電震動起來，他立刻從床上彈跳起來，一陣風掠過她的手，手機已經回到丈夫手上，被握得緊緊的，沒有任何亮光漏洩，不再震動。

妻子更生氣，就是這樣，他又刻意不接電話，次數已經數不清。究竟是誰在晚上打電話給他？他為什麼不敢在她面前接？他會趁她睡著之後偷偷溜出房間，關上隔音門，在空曠的陽臺回電嗎？

這個解不開的祕密已經糾纏她很久，她不想再想，躺回床上，打開手機，趕緊回覆LINE裡那人明天的邀約，雖然那時候她必須留在家陪小孩，但她可以早上先把小孩送去媽媽那，下午再去接回來。若不趕快已讀回覆，對方會跳離有她在的程式，遷徙至另一段停不下來的對話或無止境下滑的動態牆裡，久久不已讀她的新訊息，她會迷失在黝黑的山洞，只有自己反覆被山壁折疊而顯得蓬鬆的聲音。

即使自己在LINE裡忙著打字、選貼圖，她還是克制不了猜想來電者是誰？沒生過小孩的女人？擁有小巧緊緻的屁股和粉紅堅挺的乳頭，不會頻繁掉髮，頭皮扎滿茂密勁實的髮囊。說不定那女人來電根本不是為了和丈夫通話，那只是暗號，她已經等在某處，赤裸地敞開自己，等他鑽進她香烘烘的被窩裡。

丈夫搶回手機之後，小孩抗議哭叫，他還沒學會使用語言表達情緒，只會像昆蟲刺耳嗡鳴。他抱小孩躺回中間的位置，塞上奶嘴，小孩馬上安靜下來，奶嘴像蘊含飽滿睡意的果肉，咬著咬著小孩就心滿意足地熟睡。

丈夫一邊聽著小孩口水摩擦奶嘴的嘰嘰聲，一邊繼續未完的日劇。他心中卻一直在懊悔，剛才如果再靠近一些，就可以看清楚妻子的LINE，他想看到對話的內容，也想看清楚那對象小圓圈裡的照片。

是跟女性朋友聊天吧？同為家庭主婦，同樣帶著小孩，有很多話題可以聊吧？該不會是男人吧？妻子不知從何時開始一直沉迷在LINE裡，微小的震動幾乎沒有停過，家裡安靜的空氣都因此盪起波濤，盪得他心神不寧，頭顱裡的血氣跟著滾動，時時脹痛。只得點開一部又一部日劇。

他反省過自己，但覺得自己沒變，準時上下班，回家之後就吃飯、滑手機、睡覺。妻子忙家務的時候，他就拿著手機陪在小孩附近。他的人生早就不是自己的，在公司裡被老闆使喚，在家裡又得處處配合妻子和小孩，所以他擅長放空自己，身體才會忘記抵抗。

或許就是因為自己沒有變，所以她才變了。他已經不知道妻子是誰，那個與他在LINE裡對話只有OK貼圖的妻子，竟然有如此熱情舞動的手指，輸入一串又一串的字行。對方是個風趣又健談的男人嗎？他應該時常改變髮型髮色，每次出門都穿搭出不同的風格，衣櫃裡有數不清的衣服，看很多書，對政治時事都有一套自己的看法，臉書或許常分享有深度的文章。這樣的男人，才讓妻子始終火熱燃燒吧。

丈夫決定繼續保持原樣，那是他最輕鬆的姿態，漸漸不說話，不再傳LINE。遲早會知道的，線索是螞蟻，總在意想不到的裂縫裡鑽出來。與其關心妻子，不如關心日劇裡男女主角如何歷經曲折，修成正果。

小孩睡成一條界線，即使丈夫和妻子後來分別放下手機，充電，和暗滅的手機一起閉上眼睛，他們還是在各自的區塊裡安分地翻身，做著壁壘分明的夢。

半夜妻子想去廁所小便，發現丈夫不在他的位置上，小孩已經翻滾到邊緣，勉強被丈夫堆疊的被子與枕頭擋住。她上完廁所，探頭看書房，丈夫正在使用電腦，手指在鍵盤上跳動，螢幕有如銳目嚴密監控著他。應該是工作上的事吧？她只看到螢幕噴射出大量的光，看不清裡面的內容。電腦桌旁邊放著丈夫的手機，好像溫順的女僕，正安靜而有耐性地守候著他。

丈夫看她一眼，在眼神碰撞之前，她轉身回房，再拿一個枕頭擋在小孩的左邊，丈夫空下來的位置，然後仍舊躺回小孩的右邊、媽媽的位置，但這空間幾乎是整張床。

隔天早上，小孩睡醒之後一直在妻子耳邊叫媽媽，丈夫已經出門上班了。她不知道丈夫後來有沒有回房睡覺，但他的棉被被踢到床底，像丈夫剛蛻下的皺皮。他離開家裡之後又變成一個新的人，在她看不到的地方，做著很多她看不到的事。她知道丈夫的手機都放在右邊的褲子口袋裡，走路時大腿前後擺動，一塊長方形便會配合步伐節奏時不時浮顯出來，誰都知道那裡藏著什麼，張揚的祕密。

她也想離開家裡，做自己想做的事，而不是被綁在家裡和小孩身邊，無時無刻不扮演妻子與母親。餵完小孩喝奶，換好尿布，把他放在玩具櫃旁邊，讓他自己玩。小孩最近喜歡照鏡子，反光玻璃門一拉上，他就將臉貼得很近，她不知道小孩在看什麼，反正別來黏著她就好。

她看著鏡子裡那張臉，有人說過像她，但她不覺得，人看自己都有些看不穿的暗區吧，她只覺得小孩簡直就是縮小版的丈夫，但丈夫的臉已經長出深度，有很多能夾藏祕密的陰暗皺摺。小孩的臉天真平滑，不管盛裝什麼情緒，一下子就潑灑出來，下一秒又能立刻重添。

是不是因為透過情緒和表情就能表達自己，所以小孩到現在，兩歲多了，只會叫爸媽。公園裡其他身高差不多的小孩都絮絮叨叨說個不停，他卻只會欸欸啊啊的叫，要不就是一直叫「媽媽」，她完全不了解這麼多「媽媽」能組合成什麼含意。

或許他只是發展比較慢，網路上說要耐心等候。

想起小孩第一次叫媽媽，整天忙亂而被掏空的心神瞬間被填實。她終於確知方向，從此以後要以媽媽的身分，牽著小孩一起向前走。但沒想到小孩叫久了，「媽媽」被生活壓成扁平刺耳的童音，一叫就得回應他，處理他的各種臨時需求，像把刀刃裁裂她已經夠破碎的生活。

她撥電話給媽媽，想委託媽媽幫忙帶小孩，她已經找好藉口——去看醫生。她媽媽不喜歡她帶小孩去醫院，密集的病菌會弄髒她的寶貝孫子。

媽媽家的電話一直響，就是沒有人來接，或許去早市買菜了。再打媽媽的手機，媽媽一向不接，震動或響聲對老人家來說都太微弱。等下再打，她已經在LINE裡和朋友約好，一起去吃百貨公司新開幕的餐廳，然後再為自己添購幾件新衣。

她從冰箱拿出昨天買的麵包，拿進烤箱裡烤，聞到麵包的香氣又重新膨脹起來，流滿廚房。她一直拿著手機，沒隔幾分鐘就撥電話回媽媽家，重複的鈴聲在她空蕩而充滿回音的腦中滾動，讓她覺得自己像一只被晃甩的沙鈴。

朋友傳來訊息，跟她確認中午的約會，她沒有拒絕，立刻傳了「OK」的貼圖，一隻小兔子閉緊眼睛，嘴巴大笑，頭上扛著兩個巨大的OK字母。後來朋友一直和她聊天，直到聽見小孩的哭聲，她咬著仍發燙的麵包，才發現忘了烤小孩的白吐司。

小孩哭久會自己停下來的。所以她繼續打電話給媽媽，再去烤被冰箱凍硬的白吐司。

媽媽終於接了手機，她趕緊問：「妳不在家嗎？等下能幫我帶小孩嗎？我要去看醫生。」

媽媽那邊鬧哄哄的，「不行欸，我跟你爸要去吃喜酒。妳不能改天再去嗎？」

小孩的哭聲雖然變小，但還是被媽媽聽見。「為什麼小孩在哭？不去看一下嗎？」

「誰知道他在哭什麼，整天就只會哭。」她掛掉電話，心情壞極了，又得披上母親的盔甲繼續行軍，走完這一天。她不能在美味的蛋糕面前化身為因糖分或草莓而亢奮的少女；不能在朋友面前倒轉時光，變回以前那個滔滔不絕、反應靈敏的女孩。

她躺在沙發上，繼續和朋友傳訊，當烤箱叮一聲，她將白吐司裝盤，放在小孩面前，她才發現小孩已經停止哭泣，呆坐在原地偶爾抽噎震動一下。

小孩吃完之後繼續在客廳玩，玩具丟滿地，妻子趕緊煮小孩中午吃的稀飯。小孩不時跑進廚房，黏在她腳邊，一直叫媽媽叫不停，她一再把他抱出去。沒等到中午就匆忙餵飽他，再提早帶他上床睡覺。

妻子決定趁小孩熟睡時偷跑出去，一小時就可以結束。小孩最多可以睡到三小時，通常是兩小時左右起床。如果她躡手躡腳，不製造任何聲響，把小孩安全地圈圍在床裡，應該是沒問題的。床邊牆上貼掛著嬰兒監視器，只要用手機App連線，就能看到小孩在床上的一舉一動，甚至還可以透過內建喇叭通話。妻子說服自己之後，手腳俐落地離開家，進電梯之前，傳LINE給朋友：「我要出發了！十分鐘後到！等我。」再加上一個笑臉貼圖。

當妻子想起要監看小孩的狀況時，她已經吃完鮮奶油義大利麵和檸檬乳酪蛋糕，莓果冰沙喝到一半，但因為話說太多還是很渴。她被快速跳動的話題拉著跑，感受不到時間的流動，一看手機，沒想到已經快兩小時。小孩不在床上，完全消失在廣角畫面裡，她按對話鍵叫小孩，不敢太大聲，怕朋友覺得奇怪，等一陣子沒有任何回應。撥電話回家，她不知道小孩是否會接電話，但電話響了很久都沒人接聽。

雖然慌張，她還是冷靜地打斷朋友的話，簡單道歉，因為不能陪朋友逛街，再大致約好下次要去哪裡，「再聯絡喔！」以比平常略快的腳步離開，但不能真的跑起來。

小孩的確已經離開家裡，正在社區附近的公園溜滑梯，重複一樣的動作循環：爬樓梯，然後溜下來。滑梯有各種形式的入口，但他不會爬鐵桿，也不會爬繩格，所以只能從樓梯上去，他爬樓梯時很小心，緊緊攀著兩旁的扶手。

小孩睡醒之後，發現家裡沒人，媽媽消失了，爸爸早上出門上班。他一個人，沒有媽媽陪著他，現在他不是誰的兒子，他忘記該做什麼，他只記得要哭，但哭久發現媽媽終究不會出現，哭變得很沒有意義，他就不哭了。

他看著客廳的玩具，還是和早上一樣亂七八糟散落一地，沒有被分類收到盒子裡，玩具好像就只是雜物，他提不起拿起來玩的興致。

他想去公園，媽媽很久沒帶他去了，他毫無猶豫地推開紗門。穿鞋時遇上困難，平常爸媽會蹲在他前面，反向托著鞋幫他套上，但現在他得和鞋子正面對決，好不容易腳尖頂到終點，才能讓腳跟就定位。他學爸媽的手法出門，按電梯，扭開一樓大門，憑著記憶慢慢走到公園。

滑幾分鐘之後，他停止動作，以前大概玩到這樣久，媽媽就會不耐煩地催促他離開。今天卻完全不用哭著說「不要」，也能一直玩下去。他覺得好新奇，於是他又開始爬樓梯，再滑下來，衣服慢慢濕透貼在身上。這也是他不曾有過的感受，原來衣服和頭髮可以濕成這樣。他又停下動作，怕聽見媽媽罵他，誤以為他玩水，但立刻發現沒事。

妻子回到家之後發現門沒有鎖，只是關上，燈沒開，房間的冷氣仍開著，一切都維持著她離開時的樣子，只是小孩不見了。

她不知道該去哪裡找，走到陽臺，大樓密集的窗面像展開的卷軸，向遠方無止境地鋪展開來，但沒有一扇窗敞開。

她轉頭從家裡的反光玻璃門照見自己，穿著很久沒穿的連身兩件式洋裝，外層是鏤空的蕾絲，有一排排不規則的花朵圖案，腰線收緊，無袖露出兩截不敢貼緊身體、白嫩多肉的手臂，裙襬剛好遮住她大腿曲線開始鬆垮的部分，頭髮因為很久沒有整理，簡單地綁起一球，脖子和肩膀比以前更厚一些。小孩不見了，她現在還長得像個媽媽嗎？還是如她所願，終於成為一個毫無負擔，清爽俐落的女人。

迫不得已，她打電話給丈夫，她知道他不會接，他最擅長不接電話。與其接起來，她更希望他不要接，讓未接來電持續累加，因為這樣她負擔的責任好像就會減少一些，而且或許她能在他接起電話前找到小孩。

她出門找，不敢相信小孩竟然能自己離開家門。她騎機車繞著大樓周圍，騎樓下面常有爸媽牽著小孩走，或是小孩騎著腳踏車，沒有任何一個落單的小孩。她在每一家商店前面停下來，茶具店、木刻藝品店、美容按摩店、美甲美睫沙龍、髮型設計沙龍，裡面多的是衣著光鮮、悠閒沉靜的婦女。她不斷看見她們被玻璃窗隔絕而無聲的笑臉，顫動彈跳的髮絲，卻沒有看見小孩的身影。

她很懊悔，只享受到片刻逃離的愉悅，終究得回歸母親的身分。這她早就知道，只是沒想到現在變得更糟，以這種焦頭爛額、束手無策的姿態，旁人看來就是個徹底失敗的母親。小孩沒有被縫在裙邊裝飾，所有家務雜事沒有藏在整潔的衣裝與優雅從容的身形裡，她的妝髮被汗泡糊，眼神和動作破碎慌張，衣服黏在身上，原本飄逸的都墜死，一具水腫的屍。以為出門能好好做自己，結果反而把自己搞丟。

如果不快點找到，不知道丈夫會怎樣譴責她的失職，家裡長期無聲累積的錯誤就會全歪斜傾倒在她身上，砸出巨大聲響。丈夫可以毫無重量地站在蹺蹺板的另一端，抱臂居高臨下，瞪視被壓在底下無法翻身的她。

媽媽焦灼地從地下停車場騎車出去之後，小孩走進了大樓管理室。

他沒有磁扣，可以出門，卻進不去大樓一道又一道的感應門。他本來站在緊閉的門後，被進出的人慢慢逼遠，只能退到玄關中央，管理員伯伯發現了，問他：

「你爸爸媽媽呢？在等他們嗎？」

「還是沒帶鑰匙？阿伯幫你找你家人，你住幾樓啊？」

他聽不太懂管理員伯伯在說什麼，他想說爸爸媽媽不在家，但他不會表達，滿臉苦惱。所以管理員又問：「你是誰？你叫什麼名字啊？」見小孩不答，管理員又彎下腰重複問好多次。

他還是聽不太懂，他不知道名字什麼是誰，想嘗試回答也沒辦法，是爸媽常對他發出的那個聲音嗎？雖然很困惑，但他想對管理員笑，因為很少有人專心地跟他說這麼多的話。

後來管理員想起剛才看過小孩從大樓裡走出來，回看電梯的監視器，發現小孩住在S棟十三樓。

管理員讓他坐在大廳的沙發上等，然後打出很多電話，最後找到奶奶。奶奶牽他上樓，舉起一枚磁扣逼響每一道關卡，那都在他身高碰觸不到的位置，電梯也是，他按得到一樓，卻按不到十三樓。他能自己一個人出門，而且很快樂，但最後還是得依賴長得很高的大人才能回家。或許管理員問的問題，必須依賴大人才能慢慢地找到答案。

妻子找了一圈，沒找到，這是她帶小孩散步時最常走的路線，莫非他敢大膽地探索新路徑？她望向四周，車子在任一條馬路上呼嘯而過，她不知道要往哪個方向找，而且小孩還沒學會過馬路。她又撥了一通電話，終於接起，卻是女孩的聲音，「一直震動，有夠吵的，幹麼一直打來吵我們。」然後電話就被掛掉。

妻子腦中一片混亂，壓緊手機的電源鍵，想徹底切斷與丈夫那一端的聯繫。很多畫面交替浮現，但那個最不想看見的畫面卻漸漸定格在她腦海：丈夫不在公司，和年輕女子在外面私會，兩人相疊在柔軟的床上，埋在床褥裡的女子伸出細長的手把放在旁邊的手機接起，再掛掉，手機沉進下陷的床裡，女子的手轉去抓攀丈夫的上臂，像一尾從水裡急躍而起的魚。

丈夫開完會回到座位，對面的女同事抱怨他的手機震動個不停，他喚醒手機，只有一通未接來電，是家裡打來的。他回撥，是他媽媽接的。

「你老婆不見了，小孩自己跑出去，回不了家，你們又不接電話，管理員找到我這邊來。」

「怎麼會是妳在家？」

「小孩跑出去？跑去哪？」

「他沒說，我猜是公園吧，屁股黑一片，溜滑梯弄的吧。」

「她讓小孩自己去公園？她去哪？」

「小孩也不知道她去哪，我問好多次了。」

丈夫請假回家，開車時打電話給妻子，才發現通話紀錄裡有妻子大量的來電，還有一些陌生的市內電話，但妻子的手機關機，打不進去。她出了什麼事嗎？是不是有什麼急事，想向他求救卻孤立無援，所以才丟下小孩？

他不習慣在這個時間以自己的身分思考，通常是枯坐在電腦前執行上司的某一項指令，因此頭腦運轉遲鈍，他得慢慢將自己收復回來。

他不願猜想妻子是故意且另有所圖，但他經過家裡附近的公園時，刻意慢下來向滑梯看，訝異兩歲多的小孩竟可以自己從家裡走到這裡，卻突然發現妻子就在滑梯旁邊，和一個男人對話，男人身邊還跟著另一個小孩。

他看不清楚妻子的表情，他沒有停車，慢慢滑行過去，他們對話的畫面因此像被慢動作一格一格無聲播放，他覺得他們從很久以前就開始對話，而且將會長久持續下去。他們兩人之間被來往拋擲的情意圈繞，捲成一球棉花糖。如果是一齣電視劇，此時勢必有浪漫的曲調或粉色的星芒散放。

原來那個LINE裡面的誰就是他，另一個父親，至少那男人還帶著小孩，不像她，只想要當一個灑脫的情人，把小孩藏在家裡。發生這種情況，他不得不改變自己，他不能再像個零件任人撥動，不能再讓自己躲藏在手機閃閃發亮的螢幕底下。雖然很難，而且麻煩，但他必須割離妻子，重新拼湊生活。

妻子找到大樓後方的公園，將機車停在外面車格，走一圈滑梯與鞦韆架都沒找到，望向四方草皮也都不見蹤影，便問了正陪著小孩滑梯的父親，有沒有看見她的小孩，還詳細陳述小孩的穿著與外貌特徵。

那父親臉上殘留著他對自己小孩的笑容，同情與訝異像件領口太窄的T恤，才剛套在頭頂，還沒穿到臉上。「我們剛來，妳要不要問問看其他人？」

她不想被他開始複雜的眼神注視，道謝之後就轉身離開，她的身影在那父親眼裡漸漸縮小。

她想到可以問管理員，小孩如果離開家一定會經過大廳，她覺得自己實在太慢才想到，不應該沒頭沒腦地急衝出去找。她沒把機車停回停車場，停在大樓外面的紅線裡，車道管理員側身瞥看她好幾眼，她一定看起來十分焦急，安全帽壓塌頭髮，還蒸出汗粒，髮絲嵌進額頭，讓她的頭像一碗海帶芽蒸蛋。

她不知道該問到多詳細，該簡潔沉著地問：是否看見一個小孩？還是得像剛剛一樣，急切詳細地形容小孩的外貌。但她才說出「小孩」兩個字，管理員盯著她，眼神像一把箭將她擊飛釘插在後面的牆上，然後以一貫親切的口吻說：「厚，電話都打不通捏，妳是他媽媽厚，小孩剛剛被奶奶帶上去。」

奶奶坐在沙發上，等小孩的父母回家，看小孩開著小挖土機，用腳推動，穿梭在各個房間，不時撞到桌子或櫃子，發出好多碰撞的聲音。

丈夫先回到家。他走向小孩，雙腳彎曲蹲下，小孩叫了一聲「爸爸」，雖然知道小孩還不會說話，但還是想問小孩去哪。妻子這時也回到家，丈夫立刻起身，坐在客廳最偏僻的小凳上滑手機，背對著妻子。

他不想看見妻子，一看見她，他就想起那個男人，那男人有讓妻子仰望的身高，身材直挺，沒有被歲月不小心畫歪的曲線。戴著一副粗框眼鏡，平淡的光線折射在他周圍彷彿都有了深度。

為什麼那男人不用上班？小孩是否常常見到那男人，還糊裡糊塗的小孩會不會誤以為那個更常出現在身邊的男人才是爸爸，小孩剛叫的那聲「爸爸」，究竟是在叫誰？

他想嚴厲地質問妻子，踢翻幾張椅子，或許再摔落那個不容易破的杯子，但媽媽在家，而且媽媽看起來比他更生氣。他又剛好發現昨日才在日本放送的日劇，網站上已有字幕組完成翻譯，他決定立刻追看，等媽媽離開，小孩睡了，再做回一個憤怒的丈夫。

妻子先看四處亂竄的小孩一眼之後，坐在另一端的空沙發上，小孩喊她一聲「媽媽」，但她沒再看他，眼神緊緊依附在丈夫身上，訝異丈夫竟然已經在家。她知道他在躲，如果他沒換衣服，他衣服一定沾著那女人的香氣，或是肉體黏附著兩人份的汗氣。丈夫低頭背對她，如果他抬頭跟她對視，她可以穿過丈夫的眼睛，看見那女人被情慾濡濕的眼神。

那女人的聲音很年輕，可能才二十出頭，她想貼著丈夫的耳朵，聽聽看那女人是否將自己最隱密的叫喊遺留在他的耳道深處。她想按壓丈夫的掌心，想像那女人的胸部是如何從扯下的胸罩輕盈地彈進丈夫的手裡。

但丈夫只是躲在手機裡，或許正和那女人傳訊聊天，或許等下又用故意掛掉的來電傳遞密語。她也將手機拿出來，用力壓電源鍵，整隻手都在抖，點開朋友傳來的一整排未讀訊息，回了幾條。

小孩停下所有動作，瞪大眼睛交替觀察父母的表情，複雜的情緒像從水底滾溜上來的氣泡，在他臉上一顆一顆地迸裂，小孩越來越消沉，彎背垂頭，像是將裂的繭，裡頭就快蛻出一個憂鬱的大人。奶奶看見小孩這樣，終於屏不住氣，斥責兩人：「哪有這種回家都不說話的爸媽，難怪小孩不會說話，只想逃走。」

其實他們想對彼此說話，想朝對方大罵，但在丈夫的母親面前，他們只能是一對使勁從兩端推緊裂痕的正常夫妻，儘管他們不斷想著與對方偷情的那個誰。

「你們還記得你們是誰嗎？你們是這小孩的爸媽，為什麼完全不關心他？」奶奶奪走兩人的手機，重重地丟在電視櫃上。

其中一支手機突然震動起來，小孩伸手熟練地滑指接起，卻不小心誤觸擴音，一個甜美而語速快的女聲說：「您好，我是銀行保險專員，編號六六二五八，我是張莉萍……」

丈夫急著把手機搶來掛掉，看見大家疑惑地注視他過度慌忙的動作，趕緊解釋：「又是這種電話，每天打，我都直接掛掉。」丈夫發現妻子剛鎖黑的螢幕突然重新亮起，LINE的訊息框跳顯出來：「妳快幫我看我剛買的裙子美不美？」

接著又跳出一框，把上一框擠下去：「妳突然跑走，害我挑好久。」

小孩突然抬頭挺胸，聲音從他拉直的身體向上噴湧，他不斷學電話的女業務說：「我是張莉萍，我是張莉萍……」音調高亢，他很開心，因為他知道這句話的意思，而且終於有人告訴他自己是誰了，他可以這樣回答樓下的管理員伯伯，他可以憑此回到能接納他的地方。

丈夫回神，把手中的手機還給妻子。妻子愣住幾秒，接過手機，丈夫再走回電視櫃拿起自己的手機。然後兩人一起注視著那跟自己有點像的，四處蹦跳，嘴巴沒停過的小孩。

一切突然變得非常合理，包括那個看似瘋瘋癲癲的小孩，他們開始疑惑，或許小孩真的是張莉萍，只是他們又不小心搞錯了。

兩個女人的故事

她是個流浪幼兒園教師，未來是飄在陽光中的灰塵，還沒沉墜出具體的形狀。

她已經考好多年教師甄試，很多時候連筆試都沒有通過，如果運氣好多猜對幾題，又因為複試經驗太少，每次評審凌厲的目光都將她刷下來。不過仍得一直報名、訂車票、規劃日程，坐進不同的課桌椅，專心劃好幾小時的卡。

若沒通過初試，至少還可以依分數排任代理，所以她才有機會在南方找到一整學年的工作。學校在近山的部落，離小鎮鬧區不遠，能多領偏遠加給，其實也沒什麼好抱怨的。

她是這間幼兒園成立後的第二個代理老師，孩子和家長都知道她只會在這裡教一年，但她喜歡這裡的環境，比較自由，不需遷就。學生少，天真樸實，心靈乾淨得像從山谷流出來的溪水。

教室很大，有高高低低、大大小小的置物櫃，她把自己的東西都集中塞擠在辦公桌的各層抽屜裡，學期結束時方便撤離，不需各處抹消自己的痕跡。

她像渺小的沙粒，今年被一場又一場的考試淘洗篩瀝，最後被傾倒在這裡，明年又將鋪開一張全新的濾網。即便未知，她仍想趕快到未來去，走入男友的時間裡，擁有正式教職，一起甜蜜穩定地活著。

目前她一個人租屋住在小鎮的市區，早晨的味道沾著泥土和草葉的濕氣衝進窗戶，這房間永遠記不得她的味道，她懷疑所有鄉村的房間都必須有統一的味道，不像老家自己的房間有衣櫃關不住的洗衣精味，或是男友房間裡，從久沒洗的棉被床單蒸騰出來的睡眠氣味。

手機沒有任何新通知，仍然深陷熟睡狀態。

昨晚讀的書還攤在桌上，書頁邊緣捲翹，在陽光下有生命地顫動著。她用力回想昨夜讀書記下的內容，但腦子裡擠滿膨脹的睡意，那些教育科目實在太多太雜。而且她每隔十幾分鐘，就要撥一次電話給男友。

她的生日和男友相近，只差一個月，已經無聲無息地度過，因為那天不是假日。她曾誤以為男友會寄禮物和卡片來，但至今沒有收到任何東西。

她以為男友因為不適應遠距離戀愛而生氣，也沒追問。後來男友生日接近，她向男友預告會送很棒的禮物，而且剛好在假日，她想安排一場旅行，好好相會。

男友沒有答應，說了一句：「妳是不是不喜歡我的禮物，所以在諷刺我？」立刻掛掉電話，開始生悶氣，拒接電話，徹底消失。

她不懂男友怎麼了，繼續在固定的下班時間和睡前時間撥電話，但日日皆是漫長的響鈴，男友在遠方將在未知的時間，解鎖手機，一筆勾消所有紀錄，甚至可能早已將她封鎖，看不到任何她努力刻印的時間。

離上班還有充裕的時間，她開始摺疊棉被，盥洗，打理頭髮和衣服。

即使時間足夠，她還是只畫眉毛，上淡淡的粉。男友不在身邊，不用細緻勾勒自己的輪廓，像學校裡的原住民小朋友一樣，山林和陽光撲上面龐，敞開毛孔讓自然慢慢過濾到身體裡。

提起包包，站在書桌前猶豫該不該把書帶去學校。她必須再替明年的去處預先設想。這裡只是一方浮島，時間如海水漸漸上淹，她必須用備考知識吹飽自己，才能順利漂到男友身邊長久定居。

電視播著晨間新聞，她唯一關心的是颱風逼近的消息，停下動作，專心觀察衛星雲圖，還朝窗外看一眼，雲很厚，沒陽光，空氣像她早晨過敏的鼻腔，悶濕不通。

最後她沒有帶書出去。發動機車，田野的風光不斷朝她撲來，茂密的檳榔樹飛散插在兩旁的野地上。越往山裡騎，景物向四周擴展。溪流在路橋下穿流，兩側留下比溪流更寬廣的乾枯石礫灘，山迫人地站在兩邊。

空氣的味道——檳榔葉、家畜的屎尿、濕潤的泥土……凝入清晨濕氣沾上她的臉，即使濃稠，吸進身體裡還是讓她感覺舒暢清爽。

她想躲開巨大的風景，讓男友騎車載她，幽居在他寬廣的背後，透過後照鏡看他咬緊牙齒的臉，她會貼到他背上，讓他的氣味取代視覺。

這個禮拜，男友待在北方，她也有研習。不確定何時才能見面，也不知何時才能打破僵局。男友生日的約，該怎麼辦？

她騎上河邊的爬坡，幾尊原住民的木偶矗立在大轉彎的道口，牆上繪有纏繞的百步蛇、陶壺和太陽，組成特殊的圖騰，寄寓此地族群先祖起源的神話故事。

雲層快速湧動，是提早在天上奔竄的河流，似乎有雷和雨正在醞釀，有轟隆隆的白噪音，很像城市車流的聲音，或許雲後面有另一個倒反的城市。

她的臉被山谷裡襲來的風吹得很乾，一點濕氣也不剩。下車前，她湊近後照鏡，似乎已爬上斑駁的時間細紋。

●

她正在幫女兒換衣服。女兒的生日快到了，這個可不能遲，他們家的生日都擠得這麼近。買百貨公司玩具店裡常看到的軌道自動車如何？但似乎太男孩子氣了。有時間的話，再上網點點看看吧。

看向時鐘，上班已經來不及了，早該完成的事，每日出門前的流程一一延宕了。走出門口，迎面捲來的風捲起女兒尿布裡大便的臭氣，她又得將所有的時間向後推遲，上班絕對遲到了。

她可以想像同事笑笑的臉，像一顆吹得不是很飽實的氣球，若伸手輕觸便洩出長久鬱積的怨氣。

她總在時間過去以後，才把事情做完。得不斷將時間推向前，挪出更多空間，她才能好好準備。今日事明日畢，延遲一些沒關係。四點半下班，七點為老公與小孩端上晚餐，半夜一兩點匆忙地擠入夢的縫隙，聽起來也頗合理。

她將手上要提去保母家的提袋、鑰匙放在沙發上，踩過客廳的遊戲地墊，避開剛被女兒從玩具箱裡一一丟擲出來的小汽車、小動物模型。小心避開，還是不小心踩到積木，顛躓一下穩住，把女兒從背巾裡抱出來，女兒竟已陷入熟睡，突被擾醒，憤怒哭鬧。她趕緊進浴室，剝下尿布，直接開水沖洗，但熱水器尚未點燃，接不完的冷水不斷滲過她的手掌。

她想起老公，每當沒熱水的時候，他就會在浴室裡吼叫，叫她去檢查電池。她來回調整，陽臺瀰漫著未點燃而漫溢的瓦斯臭氣，浴室裡老公赤裸地握著不停灑水的蓮蓬頭，身體中間卡著一球肚子，屁股、腰線和大腿鬆弛下垂，他彷彿變成一條粗肥的水管，冷水竄流過他的身體，最後從蓮蓬頭噴出來。

女兒已有些不耐煩，臭氣溢滿室內。她把水龍頭重複關掉又開啟幾次，順逆推轉，終於喚來熱水，老公始終學不會這訣竅。

地板上的汙水混雜了一大片黑屑與灰漬，那是老公不穿室內鞋而從家裡各處踩集來的灰塵。

她皺眉拿起蓮蓬頭沖散，黑屑像螞蟻四方潰逃，她還多花了一些時間蹲下確認地板沒有殘留任何渣屑，順便沖洗馬桶坐墊上殘留的汙漬，嗅聞幾遍，確認浴室不再殘留任何臭氣。

老公是從何時開始脫離她的時間軸？他們曾經在同一個時區裡嗎？老公預支的時間，就是由她此時以遲到償還。

正將女兒重新包好尿布之際，發現老公的手機放在馬桶邊的衛生紙上，他早上上完大號後，發現在廁所裡拖了太久時間，立刻就衝出門。那時她正忙著以電話訂購早餐。

這樣也不錯，清靜不少。老公不會一直傳訊息來，像指揮祕書，叫她買東西，或指定吃食，她下班後可省去不少時間。老公拖住她多少時間？他自己卻逃逸無蹤，為何不乾脆將她拖回過往，不曾相識，就能將那些投注在他身上的時間全部收回。

時間已經來不及了，坐捷運太慢，她走至玄關，天空的雲翳快速流動，雨急急落下。聽說颱風已近在咫尺，不能騎機車，女兒一罩住雨衣就嗚嗚躁動。她急急按電梯，在電梯上來之前用手機叫計程車，再將大門帶上，最後從窄小的門縫間發現本來被她提出來要倒的一袋廚餘，她加速鎖上門，避免那已經變味的臭氣飄進鼻腔，勾出她悠長的罪惡感。

只能再等時間過去更遠一些——下班後再丟。老公的腳步和眼神都太快了，看不到這些停滯在時間裡的棄物。

她也是擦過時間刀鋒的木屑。

前幾天，她接到一個陌生老師打來的電話，那老師在那所她流浪時代理過的學校任教。她好久沒想起那時候的事，四五年了吧，無憂無慮的自由時光。她們聊了一下，那老師沒有像別人一樣調走，已經定居在那裡，和當地的郵差結婚。

她還記得那個郵差，那時年輕又有朝氣，不知現在變得怎樣？

「我最近整理教室，看到一個寄給妳的包裹，可能妳之前忘記帶走？」那個女老師說。

「不可能啊，我記得我整理好才走的。」

「我也是突然發現的！之前明明沒看過，而且完全沒開欸。妳方便給我住址嗎？我再請我丈夫寄回去給妳。」

她在電話裡聽見一聲聲男人低沉不明顯的呼吸聲，彷彿有另一張口緊緊貼著話筒。

「所以，妳在那邊過得好嗎？」她問。

她至今覺得每個女人都有比她美好的生活。

「呃……好，好啊。」那老師有些遲疑。

她聽見隱約的呼吸聲戛然靜止，在虛空中伏竄而來。

不知道那是誰寄來的？會不會是教育局的公務包裹，或是當時考教甄的資料。

她真是個活在過去的人，連包裹都遲了這麼久才被發現。

她的生日就在今天，如果今天收到，可能就是老天爺安排給她的一個神祕的生日禮物？

她打開在鎮上買的早餐，等孩子來之前，可以坐在座位上慢慢吃。如果在假日，她會跟男友一起去吃早餐，對坐兩端，同樣的盤子和叉子，兩杯飲料，像一張對稱的圖片。

男友安靜，她說話；她高聲笑的時候，男友會微笑，眼尾擠出波紋，夾起她笑聲的餘音。如果男友晚起，她會幫他買好，送到他家。

男友吃早餐總愛加許多醬料，辣椒醬不自然的桃紅色、番茄醬過分燦爛的鮮紅色，再拍撒厚厚一層暗紅色的辣粉，那些紅一層一層染上男友的唇與舌，變得腫脹，往往看得她臉紅心跳、口乾舌燥，不自覺地想替他吮走一些過於飽和的辛香料，與他一起刺痛。

她喝口冰涼的鮮奶茶。孩子陸陸續續來齊了，家長在門外與她點頭揮手便走了。孩子放妥書包與水壺，拿玩具櫃裡的積木堆疊，再嘻嘻哈哈地一舉推翻，或彼此聊天追逐。

她不想離開辦公桌，電腦的光在她臉上流動，視窗太多，她一邊收公文，一邊設計學習單。更多時間在逛網路賣場，挑選適合男友的生日禮物，搜尋評價，價格必須是男友平常捨不得買的層級，他才會溫柔捧住她珍貴的心意。

小孩把聯絡簿交給她前，她正撥電話給男友。她用衛生紙擦擦油膩的嘴，翻開聯絡簿，看見家長簽名欄空蕩蕩的。

「我媽媽忘記簽了。」

鈴聲響了很久，響到那個忘記簽名的小孩都離開了，還是沒接。工作忙，手機放在辦公桌裡？還在生她的氣？她剛剛對小孩說：「明天要補簽，自己要負責提醒媽媽。」

她也是一本被漏簽的聯絡簿，所有拖欠的問題被鈴聲一一敲空，只要不接電話，男友就能躲在那個簽名空格之外的所有地方，做她看不見的事。她不能責怪他，是她讓他生氣了。她只能讓未接來電累積顯示，再傳幾行LINE的訊息，在男友的手機螢幕短暫閃現。她持續留下時間紀錄，但系統卻不會記錄男友何時已讀。

男友活在神祕的時間裡。

她只是想問男友有沒有買早餐，吃了什麼？她坐在辦公桌前問孩子吃早餐了沒，對每個回答的孩子微笑，但心裡依然有個無底的洞。

男友這時候應該正在上課，他很快便考上老師，年資和年薪穩定遞增。他在遠方積藏越來越多的工作細節、與更多她未曾認識的同事上下班的互動、情緒隱密的起伏，這些她全無從解答。

她卻還在這裡。一個孩子突然被推倒在地哇哇大哭，本來在旁邊玩的孩子都躲遠了。她走近蹲下來，伸手安撫。

「別哭，誰推你？」

那孩子指著擠到教室另一側的孩子們，抽噎沒有停止，張口說不出任何名字，只有混亂的呼吸和粗啞的喉擦聲。

她順著孩子顫抖的指尖看向那群孩子，在混亂的音調裡搜尋線索，他們推推擠擠，爆出零星的輕笑，像是一團在洗衣機裡絞動的皺衣。

這時，她彷彿看見男友走到她身邊，專業的眼神順著下巴的弧度穿刺下來，那是試教時的重點之一，必須走下講臺巡堂，顯示他有掌控教室中所有學生的企圖，她此刻只能狼狽地蹲在他身下顯得又低又小。

男友是不是不想等了？因為分隔兩地，他們已將無數小事鬧成大規模冷戰，她被掛斷無數次電話，前幾次還能苦甜地笑，在戛然沉寂中感受思念的回音。但後來她幾次被封鎖，完全撥不進去。就算幾天沒通話，她還是能看見他生悶氣的固執身影，緊抿的嘴，咬牙而特別凸起的顴骨。

調查不出真相，不如就由她道歉好了，確實是她顧著吃早餐坐得太遠。對孩子來說，道歉仍是有用的。在男友面前，她就是個失敗的老師、失敗的情人。

郵差來了，憨笑著站在門外。他是當地人，皮膚黝黑，眼神晶亮，才大她兩三歲，矮矮的，和她差不多身高。他總在固定的時間出現，手上拿著一疊信，他們近來常聊天。

她的教室在小學校園對街，沒有信箱，郵差本可直接將信遞交給小學那邊，再由總務處轉交給她，但他總將她的信和幼兒園的信直接交到她手中，上面有他特別劃記的數字。鄉下的郵差特別有人情味，完全融入她的生活規律。

接近生日或特定節日的時候，她常緊張地檢查有沒有男友寄來的東西，但常常期待落空。郵差漸漸摸透她的許多心事，甚至在她生日那天，送她琉璃串珠手環，親手燒製編織，她覺得很美，收在辦公室的抽屜裡。

記得有次她的機車輪胎破洞漏風，還是郵差發現，先告訴她的。後來下班時，他載她下山，請機車行的人開貨車載去修。他們聊了山裡的生活、未來的規劃等等，她覺得認識了一個很親切的山中朋友，他的心像山谷，有層層疊疊的回音，以及清爽拂面的風。後來他約她午後去附近溪流踩踩水，晚上一起去參加部落會議，她都拒絕了，那破壞她的讀書進度，偏離她平穩的時間線。

她喜歡禮物，之前男友就是送她禮物和卡片，她才終結曖昧，正式和他在一起。他留意到一起逛街時她不敢買的、點餐時不敢點的甜食，她眼神中短暫的停頓，細心的他全都捕捉到了。

男友向來寡言、不常回訊，卻能在卡片裡寫上這麼密密麻麻動人的話語。他少見的情感，全部賦予她一個人。像一隻忠實的寵物，笨拙，但絕對需要她，所以她願意接納與照顧他。

運動時間到了，孩子們被她帶到山谷邊的操場。風與河水和他們充滿活力的身體一起在山谷裡奔竄。孩子們在遊戲架邊追逐，虛構遊戲規則，或是滔滔不絕地學大人對話，偶爾才回到她身邊問她一兩句不重要的話。

鐘聲即將響起，她突然害怕時間拿著鍾子追過來，咚咚咚地搗毀現狀。

她即將消失在此地，孩子很快就要習慣叫出另一個名字。如果一年之後沒有考在男友的縣市，男友口中，會不會也將喊出另一個名字？

天氣不好，雲層很厚，預報說颱風越來越近，一個孩子充滿想像力地說：颱風雲捲的另一端，會不會有另一個未來的世界？她想起校門口的蛇，幾片雲的形狀像牠正從裡頭鑽出來。她記起看過的幾部電影，氣壓的高低落差真的能夠扭曲時空，只要穿越那黑厚雲層裡的閃光、雨霧與雷電，或許可以咻地一屁股跌進奇異的未來世界。

「快下雨了，我們進教室吧！」她把握熱的手機收到口袋裡，對遠遠地散落在山谷各處的孩子們說，沒特別大聲說話，有山幫忙，聲音一下子就傳開了。才走到一半，細細的雨絲被風捲亂，潦草地落下。她沒有下指令，就和孩子們同時奔跑起來，不知因為摩擦，還是真的有人打來，她感到壓在大腿上的手機隱約震動，像穿過時空的一隻手指，偷偷搔刮著她。

在保母家樓下的早餐店買的早餐已經涼了，早餐的熱氣在袋子裡凝結成水滴，再滑散，自成隱密的四季。

當學校的孩子運動完正在吃點心時，她才能從抽屜裡拿出早餐，已過最佳賞味期限，盒子、袋子和蛋餅共享相同的溫度。

每天都期待可以吃到熱早餐，卻總是吃冷的。

孩子們陸續到校，在各個角落玩耍或閱讀，她和搭班的同事站在門口迎接，有時家長和他們說話，問孩子身上傷痕的來歷，提醒該餵的藥。

她一一記在腦子裡，給家長專業的答覆。她還有好多事要完成，桌上作業改到一半，另一個家長等在旁邊準備說話，她的肚子餓到藏在話語聲中響。

她短暫偏開眼神看時鐘，期待九點多的點心時間。原本每日都很期待午休時間，因為沒有女兒牽制的睡眠，她可以不間斷地睡上一小時，但因為一週發給家長一次的週報，她還沒開始做，這幾天必須犧牲午休時間。

疲憊持續累積，不知道之後是否能找到時間的縫隙，流失一些。

考上正式老師之後，才發現原本充滿興趣想多接觸的事物，像家長、行政事務、學生等，都是多麼令人厭煩，像深陷泥淖，永遠無法清洗乾淨。

她必須一直陪在孩子身邊，一不留神誰就跌倒見血，或是破壞規矩。家長的投訴總從粗心綻開的縫隙鑽進來，像一隻誤飛室內的麻雀，幾個迴旋拍翅就弄得他們人仰馬翻。

同事已經離開座位去召集小孩點名，他們準備去外面運動，一個個背好水壺，手帕也夾在領口，成行列隊先去上廁所。

因為外面飄雨，風漸漸增強，他們便在有屋頂遮蔽的溜滑梯活動。她通常會讓孩子先去跑兩圈，現在便叫他們繞著走廊跑。幾個孩子不想跑，都是戴著眼鏡，精神被鏡片大幅縮小的孩子，一心只想玩電動或手機。她板起臉催促，他們才懶懶地跟在隊伍後面。

他們長大之後，就會是她老公的樣子吧。

老公輕蔑時間，有如輕蔑著她。他始終活在虛擬未知的時間線裡。老公回家只是玩手機，不論吃飯、坐馬桶甚至洗澡，眼睛從不離開。孩子怎麼吵，她多暴躁，即使他躺著瞌睡，手機砸到臉上幾次，他還是再睜眼重新瞻仰。

外面吵鬧的時候，他在睡覺。她們熟睡的時候，他清醒在手機或電腦裡。他應該在的時候，他不在，他不該在的時候，卻一直在。

他玩手遊，組隊對決遊戲，常常接著耳機，和彼端說話。他花錢課金，送禮物給別人，追逐年輕的玩家，她偷看過他遊戲裡華麗的英雄姿態，對話框彼端是國中女生的顯示照片，對方叫他「帥氣的英雄課長」。

他要年輕的女孩，卻讓她留在他多製造出來的時間裡老去。結婚之後他不寫卡片，不送禮物，今天她生日，老公應該也不會有任何表示。最初發現鉅額的課金發票時，質問他，他說不想每天辛苦簽到抽虛擬寶物，花錢能增加時間效益，抽中低機率大獎。

她的時間較不值錢，同時做兩件事，卻兩邊做不好，像現在她心底一直盤算有哪些事還沒完成？冰箱裡的剩菜有哪些？去保母家之前，該在附近超市補買哪些菜？眼前一列白白嫩嫩的小孩跟生鮮櫃裡的紅蘿蔔、洋蔥、紅白肉重疊在一起，她得在幾分鐘內快速挑好結帳，逾時得多付保母錢。

她往學校低矮的圍牆外看，擔憂風雨越來越大。馬路的車子一陣一陣推擠通過，稍有停滯，喇叭聲便刺耳長鳴。

雨看起來到下班仍不會停，她煩惱該如何擠進線叫到車，不知將耗去多少時間。她和那些計程車多像，一切等候與前往都不屬於自己，任生活的公式自行跳表。

她又想起當代理老師的時光，簡單的生活，有專屬於自己的目標。

她轉頭看著孩子一個個排隊從溜滑梯溜下來，再沿著樓梯一級級排上去。盪鞦韆也是，一個人規定擺盪三十秒，就換下一個，不能有片刻遲滯，她站在旁邊幫忙數數。

老公會不會也遇到塞車呢？如果他比她們先到家，倒數就提早開始了，他餓的週期比她們更迅猛。

同事又在召集孩子，點心時間快到了。

她的肚子餓了起來，獨特的飢痛感從一個核心緩緩揉開擴散。鮪魚蛋餅又冷了，奶茶早已經被她喝完。尿意湧上來，目前狀況不宜脫身。

下午停課了，她聽到學校的廣播如此宣布，辦公室的電話響起，也是這件事。

她趕快一一通知家長，命令孩子們收拾教室弄亂的玩具、桌椅，再整理背包，準備讓他們回家。他們必須盡快離開，否則大雨落下之後，河流水位將會暴漲，車子無法通行。聽郵差說之前還淹過陸橋，更不用說是堤岸邊的道路了。

郵差特別騎車來問她，如果風雨太大，要不要暫住他們家，或是他可以載她下山。她拒絕了，她有自己的步調，可以自己回去。

一陣忙亂，協助孩子披上雨衣各自回家之後，她也從機車置物箱裡拿出雨衣，風變大了，一再把她撐開的領洞吹散，像在搶奪這件她僅有的雨衣，拍打出清脆的響聲。她戴上安全帽，發動機車，慢速地騎往校門外的下坡，仍止不住車體的晃動。

即將經過那條跨越河谷的陸橋，她暫時停車，用腳支撐，向下看見黃泥水流開始匯聚，抬頭看見雲層壓得好低，像一張大臉不懷好意地偎靠過來。橋邊圍牆上也有百步蛇與陶壺圖騰，即使被雨水濺濕，磚紅色依然鮮豔，在此刻昏暗的天色中，像一片引人觀看的晶亮螢幕。

她最近才教孩子們畫圖，外圍的百步蛇是為了守護太陽在陶壺裡產下的卵，戒備外來威脅，她也想找時間讓孩子們在校園的圍牆上畫圖，揮灑他們奇幻的想像力。

雨被風吹得疏密不一，有時密織，有時簾幕撥開，她的安全帽遮陽鏡本就微暗，此時又糊滿水滴，前方景色像泡在汙濁的水澤裡。天空的雲竟向下旋出奇異的錐尖，雨大量澆淋，整個空間盛滿雨珠擊碎的聲響。

她看見圖騰旁邊有個模糊的身影，仔細看，那是個女人，腳邊還有一個紅色的浴盆，剛好擋在橋的入口。

剛剛沒看到這個女人，這太荒謬了，在這裡放浴盆做什麼？

她低頭觀察浴盆，裡面的水一直漫出來，更誇張的是，裡面盤坐著一個小孩。四周氤氳水霧，在涼冷的雨天熏騰出溫熱的錯覺。她再向前騎一些，覺得那女人很熟悉，女人發現了她，抬起頭，她不敢置信，那女人有著她的臉孔。

她趕緊抹開後照鏡的水，推開安全帽鏡片，想確認自己的臉還在不在。

那女人臉上都是水，瞇著彎彎的眼睛，張大嘴巴像開懷大笑，那孩子也看著她，是個女孩，在雨水和霧氣的阻隔下，她確定那女孩生著一張男友的臉，朦朧中更美。

她不敢再靠近這奇幻的畫面，怕像泡泡一碰就碎。她的頭的確被雨淋得昏昏沉沉，就算是妄想，她仍感到幸福，整個人有如在仍摸不清未來方向的溺水時刻，短暫浮出水面，光暈立刻裹住眼球，新鮮空氣灌入肺中。

是不是真如某個孩子所說，颱風的雲旋開了未來的通道，另一個時空因此陰錯陽差地複疊在此。

她看見那女人向她招手，手掌和手指搖甩著熱烈的頻率，似乎在邀請她走進那幸福的未來。然後那女人蹲下來，溫柔地撫摸著浴盆裡的孩子，即使雨聲轟隆，她依稀聽見她們歡快的笑聲。

雨霧漸散，那女人驀地消失。她臉上掛著與那女人相似的微笑，騎上橋，騎上前往未來唯一的路線，劇烈的雨水只是撲在身上的煙火。

她想立刻下標那個男友一定喜歡的生日禮物，不刻意地透漏她昂貴的心意。她甚至開始想像未來能買給美麗的女兒怎樣的衣服和髮飾？他們三人一起攜手前行的畫面，將製造出一顆中央凹下的愛心形狀。

●

同事拿手機中的新聞畫面給她看，驚訝地說：「下午停課了。」

孩子陸續就座，準備要吃點心，她的早餐也已經解開橡皮筋，放在桌上。她趕快拿起手機查看，突然老公來電，她嚇了一跳，他居然這麼快就回到家了？

她把手機和早餐收起來，回到眼前紛繁的事務。

同事開始聯繫家長，她也得幫忙，還得打電話給保母。多了一個下午，雖然要帶女兒，但她可以好好利用，把家裡清掃一遍，衣服不能晒，只能天氣好些再洗。整理冰箱和廚房，消毒女兒的玩具……她得趕快把這些過往累積的雜務清除，追趕上時間。

她走到學生面前，命令孩子們趕快吃完點心，等等要收拾東西，準備回家。

好不容易把學校的事忙完的時候，颱風逼得更近了，她叫了好久的車，坐在空無一人的熄燈教室，手機網路有些遲頓，好像線路也滲入風雨。時空像被吹亂的鷹架，她這微小的浮塵被拂落在時間靜止的區域。

後來終於有車把她載去保母家，傘撐不起來，風隨意兜來一陣雨，就把她和剛接到的女兒潑濕了。回家後她趕緊帶女兒進浴室洗澡，握住蓮蓬頭，擺好浴盆接水，但幾次用熟悉的手勢開關水龍頭，熱水都不來，女兒和她不知打了多少噴嚏，天然氣可能也被強烈的風雨吹散了。

老公已經吃完她提回來的食物，在房裡打電動，音效夾雜激昂起伏的話聲。就在她想去狂風暴雨的陽臺調整熱水器的時候，熱水就來了。

浴室裡熱氣氤氳，四周的牆面彷彿也被蒸氣泡軟，也許是淋雨後意識昏沉，她的視線能穿越到更遠的彼端，山與樹的大地色澤暈滲進來，她模模糊糊地看見了年輕的自己，在山裡開心快樂的自己，她的眼淚落下，無聲張口哭泣。

現在看來，山谷的風雨簡直是溫暖寬厚的擁抱，山和天空總能踩穩巨大的腳掌。城市緊密的樓牆捕獵過量的風雨，像群狂躁的獸，輕易刨起各種事物，讓一切離根失序。

女兒一直叫她，在浴盆裡拍水尖叫。她舉步想往山裡走，卻看見百步蛇的圖騰近在咫尺，竟彷彿活了起來，發出鼻笛的聲音，似要警示，牠們負責糾正所有出錯的秩序。

她想揮手叫那女孩折返，甚至跨大腳步，阻擋她機車前進的路。但她被女兒拉住手，整個人蹲坐在浴盆旁邊。她聽見女兒稚嫩的童音，便搖搖頭，不再相信這些荒謬的幻覺，低頭把後續未完成的程序洗完。

浴室水霧漸漸消散，日光燈重新透射下來，她褲子都濕了，渾身發冷，扶著身上蒸出熱氣的女兒走出浴盆，有如她是一個神聖珍貴的寶物。

女孩和圖騰已經消失了，她覺得自己一定是太累了。下一步是要替女兒吹乾頭髮，她插上吹風機，順便打開電視，在右下角看見飛快的時間，她預計要做的事應該是做不完了。

吹乾頭髮之後，女兒就跑去玩玩具。她才發現桌上有被老公領回來的包裹，外面有郵差的筆跡，寫上熟悉的數字「2」。她打開看，果然在今天收到她被扣留在過去的禮物。

裡面有一張卡片，是老公年輕時的字，寫著：「自從妳到遠方，我更加確信，我要珍惜我們相處過的點點滴滴，以及未來的分分秒秒。」

包裹裡則是乾硬變質的蛋糕，外圍黏著一排排僵硬的螞蟻，是被甜死？還是後來包裹被壓著，逃不出去這甜蜜的城牆。蛋糕表面像丈夫現今的皮膚，布滿洩氣的孔穴。

她把包裹收回原樣，丟到垃圾桶裡，蓋子蓋不上，她還用力壓好幾下。

氣象報導裡顯示颱風掠過臺灣本島，密實的雲系和眼牆在新聞的衛星雲圖裡已被山脈勾碎，明日無風無雨，正常上班上課。

主播語調昂揚地說：「很快就能回復正常生活！」

定期保養

他提著包包下車，學校的停車場裡陸續有車開來，格子越來越少，只剩邊邊角角的位置，晚來的得花更多時間與技巧擠進那些陰暗積塵的角落。

走上樓梯，校園被濃霧般的睡意籠罩，每個擦身而過的學生全身彷彿仍裹在被窩，揹著夢的沉重書包。他打出一個大呵欠，為了送小孩去保母家，他比學生更早起床，開車上路，在漸漸擁擠的道路重新聚攏糊散的注意力。

小孩三歲多，正是愛說話、事事發問，毫無顧忌的年紀。剛剛出門時，六樓的住戶按開電梯，似乎也要去上班。小孩一直叫「哥哥」，從背後拉住那人的衣角，仰頭找到那人面向電梯門的臉，問一些很難回答的問題。

他把小孩扯回來，「是叔叔，不是哥哥。」剛好那人要離開，小孩熱情地道別揮手。他尷尬地只敢瞥對方一眼，微微點頭幾下表示歉意，雖然那人比他高出一個頭，但那人也和他一樣彆扭，拗折肩膀和手臂像是想要遮住自己的身體。

明明就是常在電梯裡遇到的鄰居，差不多時間出門，車停在同樣的地下樓層，有時下班後也會搭到同班電梯，但彼此的關係也就凝結在電梯的方廂裡，只有陳舊的空調吃力地運送空氣。

他記得那鄰居，因為有次下班回家時，電梯停在家的樓層很久，後來又在三樓停頓，最後出來的只有那鄰居，他原本以為出來的會是那總慢吞吞的妻子。鄰居和他同時露出驚惶的表情，但他們沒有絲毫停頓，習慣性地踩緊時間差交錯位置，消失在彼此眼前。他在電梯裡感受到別人身體的熱氣與味道，有一股剛洗完澡的濕氣，不知道是不是剛剛那鄰居的，他知道那是哪一個牌子的沐浴乳。

他另外想起這禮拜電梯要定期保養，電梯裡張貼了公告，不確定是哪一天。大樓的電梯近來常常震動，停止時會有詭異的頓躓，他不喜歡那樣不穩定的感覺，危機蟄伏在不可見的淒黑電梯井裡，恐怕有天終會獵捕到上下逃竄的電梯。

他查了一下，前幾天特意告知有同樣疑慮的妻子，可能是導軌問題。導軌是電梯轎廂上下移動的軌道，用久了會彎曲鬆開，要保持平直滑順，得定期上油保養，否則電梯如果失速下墜，安全鉗就無法嵌住導軌，也無法將電梯穩穩固定在井道中。

他說：「看來要重複運轉也不是件容易的事。」妻子點頭，穩定的頻率，他覺得安心不少。

妻子說她早就知道了，她下班至管理室收信時，和管理員聊過電梯的事。

他知道妻子在說哪個管理員，下班時段總是那一個，他曾陪她一起去。管理員是個比他們年輕的男人，有些胖，但不至於臃腫，白色制服襯衫和黑色西裝褲就熨貼在皮膚上，解開兩顆鈕釦的領口露出大量肉色。背後的電風扇不耐煩地擺動，白襯衫的胸口和腹部，都暈出透明與褶皺。

妻子就離那些濕熱的體液這麼近，電風扇把他們的味道吹在一起，但空氣潮鬱，吹不到他這邊來，連對話的聲音也吸飽濛濛的水氣。

校園很安靜，今天是月考第一天，不再有橫衝直撞的身影。他走過幾間教室，像走過魚群漂浮的水族箱，這兩天他可以一起浸泡在凝止的水中，讓水的阻力擋下他平常急躁的動作。不用上課，該趕的進度都已奔赴終點，放下粉筆，不再讓多彩的粉塵嵌入細緻的皮紋。

學生越接近月考越緊繃，知識累疊成搖晃欲墜的山峰，老師卻越來越輕鬆，把馱在背上沉重的課本一頁一頁撕毀拋出，最後僅剩一條鬆鬣般的餘頁，他終於能輕躍奔馳。如果有監考就坐在講桌前注視著每一個考生，偶爾排間巡邏，獨自抵抗被漫長的考試時間喚醒的睡意。

輕鬆一會兒，下次月考的循環又立刻逼近，另一趟路程等在前方，得抓緊時間備課。連外人欣羨的寒暑假也一樣，自由只是幻覺，拍翅飛到某個距離，腳爪突然被抽拉幾下，才發現原來被綁上繩子，隨時可能被收捲回籠。

他的生活就是這樣了，不再有多大的變化，有如一架爬升到平流層的飛機，沒有對流和天氣變化，小格窗外只有不變的藍天與白雲。

走進辦公室，幾個資深的老師已坐在座位上，安靜翻書或一起聊天，他不想打擾他們，但踏入了職場緊密網織的秩序裡，就必須和他們一一問早。他不知不覺地擠進人群裡找到自己能夠落腳站穩的位置，擁有一套固定的身分和表情。他向每個人點頭，以飄忽眼神切斷話語的線頭。

如果與妻子在一起就不用如此，妻子知道他其實畏懼和他人互動，不知如何面對陌生人的眼神。所以點餐、結帳、詢問、訂位都由妻子負責。不知所措的時候，他只需要看她一眼，頭有如游標緩緩移動，妻子就能替他按下滑鼠，預先登入複雜的程式。當他蜷縮靜候，妻子運用爽朗的禮節做好很多事，開拓新路線，引領他前往更多不同的地方。

每次在家裡的電梯裡有別人，沉默逼人湊近距離，必須拋出話語才能讓空氣流動，妻子總能嫻熟拋接。她常常出門買早餐、買菜、倒垃圾，她認識每一個走進電梯的陌生人，對話瞬間摩擦出熱度，沒有任何生澀的碰撞。只有電梯持續喀喀顫動，頻率穩定，讓人漸漸習慣。

他只需要點頭微笑，目光貼著閃光的樓層數字，有人離開時輕聲道別即可。

妻子會在事後補充說明那人住幾樓，什麼職業，家裡有哪些成員，最近他們曾聊過什麼有趣的事，他常聽到一半就把話題切回他們近身熟悉的區域。

妻子總能將這些麻煩事做得俐落整潔，不只客套交際，甚至樂在其中。

他們兩人像火車與鐵軌，妻子是承載旅客的車廂，搖擺晃動，沒有靜止的時刻。他是躲藏在底下的軌條，他們互相咬合，穩定地經過一個個人生的站臺。

他打開早餐，趁要監考前趕快吃完，聽見即將退休的老師們開始聊起年金改革的事，哀聲怨語從稀疏的數字縫隙魂遊而出，他們越談越衰老，再也沒有多餘的力氣多撐幾年。那憂怨聽起來幾乎讓人以為討論結束之後，他們會就地枯朽化灰。

他只是聽著，把餐盒裡的蛋餅一口口吃完。他買的早餐無法克制地重複，不是漢堡，就是蛋餅，麵粉形塑出各種花俏的外型誘惑他，換別家雖然口味配料不同，菜單大同小異。即使光顧的早餐店越來越多，每日輪換的循環越圍越大，落進他的口裡心裡之後卻是越縮越小，吃成一致的口味。

他工作剛過十年，年紀三十幾，退休還要三十年，得再重新活出一個現在分量的自己，在這麼巨大的漩渦裡兜轉，年金改革只是遠方隱隱的雷聲，異域的天災。即使再怎樣抱怨，老師們還是身處月月扣繳退撫基金的循環裡，漸漸習慣。

低頭滑手機，讓資訊快速地從指端滑逝，他不想看，卻又自然地看下去。很少有想點開繼續閱讀的，他從不陷入長篇大論，只需要吞下幾個關鍵詞，拼湊出大概的輪廓就可以了。而且捲來捲去看似翻過重重資訊山嶺，其實手指始終被圈限在小小的螢幕裡——差不多的壞消息，差不多的覺醒與控訴。這樣也很好，複雜的世界越滑越簡單。

對面的女同事來了，穿著濕漉漉的雨衣，站在他座位後方脫下雨衣。他和她年紀接近，時代刷洗出相近的眼光，拋出的話題能掉落在同一片回憶斷層，所以他沒有繼續把眼神藏在手機裡，親切地向她道早。

「剛剛有下雨。」他說。

「對啊，下好大，不穿雨衣根本走不過來，超麻煩的。你吃蛋餅喔？」

同事從他身後探頭窺看，濕結成束的頭髮垂進他的髮內，口中呼出的熱氣在雨天的涼意中特別明顯。她的指尖輕擦過他的脖子，他回頭看，原來她正在整理雨衣，凌亂的手勢不小心碰到他，雨衣裡本來裹住的體熱一波一波朝他轟來。

他想到妻子喜歡一天洗好多次澡，浴室地板永遠是濕的。同事身上沾滿雨衣的霉氣，皺緊眉心與鼻頭，坐下後，緊盯著他，瀏海濕濕地披在眼角，臉上沾著幾粒雨滴，看起來似乎也很想去洗個澡。

她開始說雨剛才怎樣戲劇性地落下，她的五官撐大，盛滿訝異的情緒。

「妳帶什麼早餐？」

「我的嗎？這很有名欸！」

她迫不及待地將手擠進窄小的塑膠袋拿出早餐，見他探看的眼神，她先說明這是哪家人氣名店的湯包，口味如何傳統細緻，還捧盒越過桌子要分他吃一些，他瞥見她鬆墜的領口。他推說吃飽了，僅就食物外貌讚賞幾句。

她拆開筷子，津津有味地啜吸流淌下來的湯汁，嘴唇閃爍油光，自顧自地說起其他早餐名店。

她讓他想起初識時的妻子，話題總是分岔歧出，回不到主要的流域，他回應一點星火，她就能劈里啪啦地引燃布滿整片夜空的煙火。以前還能仰頭賞望，現在年紀大了，一旦膠著太久，就僵硬得難受。

他一邊聽一邊將注意力分挪到手機上，眼神不時沉落。等她終於解說完畢，他就不再抬頭，嘈雜的海浪退遠，兩張辦公桌像一片安靜無紋的沙灘，她終於變得和妻子一樣，找到能讓自己安靜下來的事。

下課鐘聲響起，學生的早自修結束了。

要將手機收到抽屜前，它亮了一下，他沒立刻關上抽屜，看一眼是妻子來訊，沒讀清內容就立刻緊推，不是不讀，是不急著讀。他常這麼做，看見妻子的眼睛朝他閃光，就自然輕巧地迴身避開，他知道她想要表達什麼，不是叫他做家事，就是催他匯錢，拿種種未來的事擾他，勾住他的手，脅迫他齊步前行。

拖延能讓情緒鬆弛，麻煩事放在原地，就會有人急著接過去。

他準備要去監考了，眼前就有太多逃不開的事。辦公室的老師們腳步加速，若稍遲取卷，電話就撥進辦公室分機。可是一旦拿著考卷走進教室，立刻就被綁在時針上，哪也不能去，即使秒針怎樣快轉，也始終停滯在同樣的方位。

走進教室，預備鐘剛好響完。他沒教過這班，但每間教室的講臺上都殘留一副老師的外殼，他躲進去，就能遵循固定的行動模式。

每節考試輪換不同的監考老師，但老師們總做一樣的事，說類似的話——「拿到考卷後記得書寫座號姓名」、「考卷不可持高或垂出桌緣，不可左右張望」。老師抹去個性，眼神架起高網，只為警戒和防備，減去多餘的思考。

教過這麼多屆學生，學生也越來越像，長著一張稚嫩乾淨的臉，像新造的瓷盤，情緒有相同的彎弧與折角。學生畢業離校後便把三年來的個性、感受與反應都封包存載在空座位上，等著剛入學的新生坐上去，立刻解壓輸入新生們空空的腦袋裡。

不管他教書幾年，老多少歲，教室裡的學生永遠不老。校園迴轉出穩定的時間迴圈，每一天都是同一天，無法抵達明日。

當他回看自己，才發現時間已經絕棄他。他越來越老，心智鈍蝕，不再有心思做多餘的事與嶄新規劃。

正式的考試鐘聲響起，他發整排試卷給每排第一個學生，學生們紛紛向後傳，教室裡全是紙張的聲音，甩出大風颼過的聲音。他們頭很少向後轉，要把握時間注視考卷，手向後扭甩像揮舞大刀的戰士，自信而帶有殺氣。他羨慕他們對考卷仍如此熱切，好像存活至今就是為了征服這張考卷。他們頭都沒抬起來過，儘管看時鐘或仰頭思考，頭仍被考卷包裹。

學生們遲早都會發現的。

他們一進學校便也墜入重複的迴圈，時間消隱，考著考不完的試。他們卻覺得一切都剛開始，他光是看著他們這樣一無所知的拚勁，都覺得累極了，大大地打一個呵欠，聲音都壓制不住的那種。

幾個學生抬起頭看他，這不是老師會做的事，疑惑的眼神穿透他躲藏的外殼。他趕緊凌厲掃視，壓下他們的注視。

回歸正常的秩序，他坐得太久，可能壓到大腿，屁股有股細密的刺麻感，他挪動失去感知的大腿，摩擦到下體，突然有一陣快感讓他勃起。

應該是一陣子沒和妻子做愛，所以他竟像個剛睡起床的學生，不敢起身離開座位，靜靜等候莽撞的血氣退散，回流到他的血管裡循環。

這是他的問題吧，中年以後，體力越來越差，精神在白日拖磨，夜晚僅餘一具空殼。與其大費周章地準備與收整，怕吵醒孩子，不如睡覺乾脆，而且他進房時妻子通常已經睡熟。

近來妻子卻時常保持清醒，刻意用灼熱的手指碰觸他，撥亂早已弛緩的性愛週期。但他仍將最後一絲力量用來翻身，拉高被子，將自己纏成密閉的繭，他們終究各自凝凍在完整的睡眠裡。

他克制地打出一個無聲的呵欠，襯衫下襬遮掩的突起緩緩消退了。

他走下講臺，繞排巡視，站在教室後仔細閱讀每一篇貼在布告欄上的文字，到門邊探頭看對面教室，重複這樣的循環幾次，好不容易快下課了。

他在剛好打鐘的時間回到講桌，命令他們停筆、收卷，嚴厲催促：「給我快一點！」學生在他點數考卷時禁止離開座位，卻隱藏不住想討論答案的躁動，手用力拽著抄妥答案的題目卷，屁股空懸著，熱烈望向相熟的同學。

「好了，數量正確，可以下課了。」

教室四處發出如磁鐵碰撞的雜音，學生各自糾團，有人自信滿滿地講解，有人發出懊惱地高叫或低吼，還有鼓掌、拍背、推擠的聲音，當他離開教室，有人竟然喪氣低頭跪下搥桌。沿途任一間教室都差不多，他像闖進一間眾人瘋癲狂舞的夜店。

他的孩子未來也會像這些學生一樣吧，坐進教室和身邊的同學越長越像。他也會成為相似的家長，逼迫孩子考幾分以上，班排校排拉出界線，和孩子一起站上製程統一的輸送帶。

「你簽名連署了嗎？反年改的？」走進辦公室，資深老師臉色凝重地問他。如果他說沒有，對方緊皺的眉頭恐怕會將他夾入碾碎。

「在樓下穿堂嗎？要監考，我等下去簽。」資深老師點點頭，滿意這個答案，快步走向另一個資深老師。

「剛剛監考，我畫了一張好有趣的畫，你看！」他對面的同事沒回座，直接放在他桌上。

即使早上那樣結束了對話，她照樣活在她充滿熱情的世界裡。

「妳太厲害了，畫得真好。」他其實看不出來她畫了什麼，黑筆線條和印刷鉛字牽纏在一起，他想叫她畫在全白的紙上面。但感受到她的興奮，便盡力讚賞。

一邊聽她解釋，他一邊低下頭拉開抽屜，發現手機竟還大亮著，沒有自動熄暗，來不及檢查調整，十分鐘的下課快要結束，得出發準備下一節監考，他趕緊按下手機側邊強制休眠的按鍵，發現同事也盯著他的手機看。

她撇開眼神，繼續說，手勢天花亂墜，還跟他一起走去教務處，拿下一節的考卷。他一直點頭，發出「嗯」的聲音，點一下頭就像按消除鍵，把剛才她說過的話從末字開始消除。

再點頭，不斷點頭，有時是監考時想睡而點，有時是和走廊上遇到的老師問好，有時是回應學生的問題。不用說話，一直重複點頭就能將一整天消除殆盡，徹底歸零，明天又再這樣輸入與刪除。

他手機的電量快速下降，只剩下個位數，握起來像團火。只要有新通知出現，手機就會一直亮著，等到他親自按鍵為止。以前不會這樣的，今天的手機卻急躁地向他通知每條訊息，因此他連妻子的訊息都回了。她請他回家路上順便買兩袋尿布，保母家和家裡要用，他立即送出OK的貼圖。

月考時學生提早放學，老師們要開校務會議，他昨天就送假卡了，好不容易能趁月考早下班，多出一小時半，他本來打算坐在辦公室滑手機發呆，備一些課，等著接小孩的時間快到再離開。

但現在手機完全沒電，他不知道該怎麼耗過這一小時多，監考一天精神不濟，頭隱隱發疼。他決定提包包去車裡找充電器，如果找不到就開車回家。

翻找半天，車裡悶熱不堪，滴出一身汗，他想發動車子以便開燈與冷氣，但鑰匙轉動後只發出洩氣走調的聲音。他再試幾次，終於確知連車子也沒電了，可能是他忘了關上什麼。

他是他身上僅餘電力的事物。

這下無論如何他都得回家一趟，改騎機車才能接孩子，時間突然急迫起來，汗來不及乾。他匆忙地跑到最近的辦公室打電話叫計程車，很久沒有跟陌生人對話，一緊張，聲音來不及理清楚，就被對方不耐煩地問回來，住址報得亂七八糟的。

搭車到家，他按下家裡電梯的上樓鍵，突然想起妻子昨晚洗的衣服還沒晒，可能開始發臭了。他一路上不斷想打電話給妻子，問她衣服晒好沒？是不是要重洗一次？並告知她目前混亂的狀況，但沒辦法，手機沒電了。

如果等下時間來得及，他可以做些家事。記得昨天才收下一批衣服。髒衣物的累積居然比日子的消逝還快，家裡不只有他一個人，髒汗加速成長，地板一下子就飄滿不知是誰的頭髮，長的短的、直的捲的。家務的輪圈越滾越快，一定得及時清理。

電梯螢幕數字停滯在七樓，幾乎有五分鐘這麼久。

他突然想起，早上和孩子搭電梯時，電梯在起步和抵達時劇烈顫動，重心往他們這一側傾斜，他覺得很可怕。

或許此時樓上有人為了等什麼重要的人而按著，他所有的思緒也跟著停頓。直到後面走進來的同棟住戶喚他幾聲。他恍惚回頭，對方跟他說電梯今天保養，他才想起之前電梯張貼的告示。以前下班晚，都不會遇到這種麻煩，沒想到他提早闖入了一個重新拼組的世界。

怎麼所有事物都選在今天故障而脫離常軌，像要報復平時他讓它們過度枯燥地空轉。他站在正中央，覺得地底將有巨大災難陸續陷落他身邊平穩的事物。

他喘吁吁地爬上十樓，推開防火門時全身抖晃，手臂幾乎要被厚重的門彈壓回來。汗水滲進眼睛，對不準鑰匙，鑿上門板好幾次。門後隱約有些聲音，他以為是別層樓傳來的。

進門之後，他看見客廳的紗門拉開，頭髮濡濕的男人站在玄關，赤腳，腳背淋上一些水珠，T恤前襬被皮膚黏在稍高的位置，後襬吸了濕氣，垂落更低，像個沒兜準的瓶蓋。那男人口袋的手機沒插好，冒出一大半，手裡拿著鑰匙，不知道為什麼，另一手握著印有花朵圖案的沐浴乳。

他記得那遮遮掩掩的樣子，是早上電梯裡的男人。

那男人只敢瞥他一眼，點頭幾下便以瀏海壓低眼神，緊緊握著布滿水氣的沐浴乳，另一手扶住快掉出來的手機。他的手還握住門把，身體擋住門隙，所以那男人走不出去。

妻子跟著走出來，穿著平常上班的衣服，她的包包就放在平常的椅子上，鑰匙也整齊地掛著，家裡的樣子跟平時一樣，只是她現在不在廚房忙著料理晚餐。只是站著，像一個茶几上的遙控器，似乎在這個時間，她本來就該安靜地候在那裡。

他覺得好尷尬，猶豫要不要讓開路，在一個被聚焦的狀態下，任何細微的動作都有巨大的意義。恍惚間聽到陽臺外面傳來撞擊鐵軌的磕擦聲，他的眼神收攬力道，暗示妻子的注意力回到那男人身上，好好解決現在的處境。

他想起火車鐵軌的構造——車廂下面有兩條鐵軌、兩邊都有鋼輪，陡轉的時候，不對稱的輪圈有一側會往較大直徑的內圈處壓，轉動圈數減少，以維持兩端的平衡。即使是重複運轉，也暗藏這麼多精密的設計與機關。

此時世界劇烈轉動，朝他傾軋而來。他和以前一樣，讓其他零件運作，他溫吞沉緩地迴旋，等待生活回歸正軌。

妻子眼裡的空洞漸漸滴入黑色的染料，像堆沙堡那樣兜攏笑意，不至於緊湊隆重，疏鬆地對那男人說：「謝謝你的沐浴乳。」

他聽了也跟著點頭示意，讓開通道，那男人趿著拖鞋走出門，點按電梯，樓層數字滑順跳動，看來電梯已經維修完成，井道裡傳來轎廂在導軌運行的聲音。關上門之前，那男人繼續背對他等電梯，重心偏斜，一隻腳跟遠離鞋板，極為自然的畫面，讓他反而有種其實是自己誤闖他人樓層的怪異感。

終於又修好了，可以維持好一陣子的平順。

他摸到埋在口袋深處凸起的手機，突然轉身問妻子：「我的手機好怪，不知道要不要拿去修，我的充電線在哪？」

妻子指著沙發底下，說出他常聽到的話：「就叫你不要亂丟。」

他坐在沙發上，插電，抬頭看見浴室地板積水，可能排水孔又被黏膩的毛髮擋住。過一陣子手機點亮，恢復正常，他終於能將眼神安放進去，像扳緊一根鬆掉的螺絲。

最愛

有天我被嬰兒的哭聲吵醒，發現有個嬰兒深陷在床裡，似乎初生不久，只能翻動眼珠，頭的比例過大，脖子被一圈潦草的布料束住，身體像晴天娃娃那樣被蒼白無力地懸吊著。

啊，我是一個母親呢。

這孩子看起來很痛苦，為什麼呢？

我的感覺還來不及跟上，只想伸出手把眼前扭動的爬蟲彈開。

我沒有被母親愛過的記憶，我曾經以為，孩子都能被同一塊白色的天花板看護著，然後長大。我的媽媽在我不到一歲時就離家了，父親只得將我抱給奶奶，然後也漸漸退後消失。我自己在舊房間裡找到媽媽的照片，一個表面刮損，坦露腳柱白皙肉材的木桌，她的身影躲在那個不好拉扯的抽屜裡，我總是輕輕一格一格地拉，像修復一座乾裂的沙堡。

照片裡她抱著我，跟我長得很像，那裡該是我嬰兒時的家，父親應該正在相機底下微笑，媽媽軟軟地笑著，那種一切都被體內升湧的液體泡軟的表情。我試圖想起她的體熱和間歇噴出的呼息、手臂柔軟的汗毛。

她愛我嗎？為什麼要離開仍稚嫩的我？我的眼神沒有面對鏡頭，連頭髮都還沒長出來，只有稜骨分明的大頭，還有肉鼓鼓的紅頰。我那時看到的，是媽媽圓潤的下巴，以及微微顫動的睫毛，我那時是不是正專注感受她身上的愛？她在相片裡緊緊抱住我，快門一過，她是不是垮下眉眼，立刻把我遞給拍照的人。

我得努力把自己捏塑成她相片裡的樣子，不要反過來讓現在這個寡情的我，奪走她那曾經溫柔的軀殼。

我的視線逐漸鎖定在哭得更大聲的嬰孩上，她與我兒時的樣子相似，媽媽曾經那樣緊緊擁抱我，若想像出一個鏡頭，我也做得到。

嬰兒哭到滿臉通紅，耳垂彷彿能滴出血珠。淚眼裡盡是怨憤與不信任，小小四肢揮踢出強大敵意，把我緩慢伸出的手踢開。

丈夫也做過這樣的事，婆婆也是，當我想要伸手幫忙的時候，我的善意只是擾人的蚊蠅。所有人都不喜歡我，連最該依賴我的孩子，也被我的愚鈍養成一隻亟欲張口反噬的巨獸。

我偏頭看見鏡子裡的我——嘴巴咬成一條直線，很少打開，臉罩上一層監獄的鐵欄杆，很多東西都被切割隱蔽在陰影裡。皮膚漸漸龜裂，充滿斑紋，嘴唇乾燥，眼周細紋常夾著冥紙般的黃色碎粒，嘴角綻開灰白裂痕。

我每天穿各式襯衫式睡衣。隨手紮的頭髮，臉上和後頸常偷竄幾條彎曲不馴的髮絲。我若靜靜地坐在未開燈的家中，便和灰暗的家具與壁面融為一體。家裡高掛的結婚照，永遠擺在我身後，隨時提醒我有另外一種樣子。

我沒有時間把自己張羅得像蛋糕一樣精緻，連精緻如瓷的新生兒，也可以被我弄得處處紅腫、脫皮，太乾不行，更不行太濕。我像是還在做勞作的小孩，白膠還沒乾，黏好的邊條就彈開，只有挫折，沒有愛。

我眼皮裡的夜晚比別人晚開始，清晨卻一視同仁穿透我的眼睛，孩子才剛睡沉，又立刻醒來。她一心想哭，不需要任何人的協助。

我又開始擅自想像媽媽離開我的身影，她把自己的妝化得精緻，穿上窄腰的洋裝，以高跟鞋蹬開裙襬，眉毛揚起，笑容輕盈。

我只想好好睡一覺，不被任何聲音吵醒。

我先親了孩子一下，拿枕頭壓著孩子哭泣的臉，孩子的小腳一直踩腳踏車般地踢轉，肩膀如浪翻湧，哭聲填進枕頭柔軟的棉絮。我的手緊繃僵直，血管全都浮脹出來，想把整個世界從雙手的施力點壓陷進去。

我終於能專注地感受力量的流動與劇烈起伏的情緒，看著終於慢慢安靜下來的孩子，我耗盡所有情緒，成為一個空盒，一起感到心靈的平靜。

丈夫突然跑進來，各種東西落地。

我跟地上雜亂的事物堆在一起，頭髮披在牆上，奇異地黏在比頭還高的地方，像剛潑灑正在緩緩流動的墨汁。孩子被抱走，我的頭髮慢慢回到自己頭上，我口渴，找到地上滾遠的水瓶，我聽得見水流滾過喉嚨的聲音，喝完一口就放下水瓶用力呼吸，像一架正在調音的樂器。

我在剛剛感受到了，媽媽特別的愛，她離開讓我活了下來。

但我決定走出房門，像其他人那樣正常而長久地愛著孩子。練習在丈夫的注視下，發出柔婉清亮的聲音：「來，媽媽對不起妳，媽媽抱。」

丈夫出門上班之後，嬰兒又開始哭泣，哭得很醜，不小心吸了過多在陽光裡飄浮的灰塵，打了一個噴嚏，鼻涕就這樣掛在人中。

我盯著嬰兒看了許久，確定她不會停止，快速抱起，她的腳被離心力甩出嬰兒床，像排球擦過邊欄。

我覺得手裡是一具發聲機括故障的布偶，需要精密的調整維修，搖晃嬰兒幾下，她察覺到我的不滿，或只是覺得新鮮，稍稍安靜下來。我將她放回嬰兒床，忘記擦掉那條暈開的鼻涕。

家裡非常安靜，只有哭聲迴盪，我站在廚房洗碗槽前，衣襬都是灰鬱的水漬，手懸在半空中，水滴一顆顆擊打在槽壁上。我和家具一樣，能把聲音無謂地反彈回去，製造更多層次的回音。

過了好一段時間，我才搓著濕漉漉的手，將掉在枕邊的奶嘴塞進嬰兒嘴裡。嬰兒的嘴唇被塑膠片壓到最扁，爛出一圈肉色，她又露出那種困惑的表情，鄙夷我的吝嗇與匱乏。她是一個上司，用各種方式把我喚去，再狠狠羞辱我。

我快步離開，奶嘴一直咬也咬不出半滴奶水，嬰兒咬膩了又再呸出來，哭聲隨之淹流。我覺得嬰兒是殘缺醜陋的生物，一坨仍未完成塑形的黏土，出生後就被醫生濕濕黏黏地砸在我胸口，讓我想吐。嬰兒的臉隨時日成形，像我，卻也疊上另一張臉、另一個與我毫無血緣關係的家族，他們可以擅自於其上附註自己的標記。

懷孕之後，我就必須攤開雙腳，任人檢閱我體內的血肉。

我已經被羊水與惡露淘盡青春與美貌，不想肉身陸續崩坍，所以我不親餵母乳，選擇用橡膠塞滿嬰兒的口腔。既然她已經離身，就得靠自己濕潤、溫暖奶嘴，含出恍惚的睡意。

我曾經試過，托起飽脹的乳房與黝黑的奶頭，彷彿那已不是我的身體。我抱近眼神迷離的嬰兒，不知她能否看清黝黑的指標，聽見裡頭水潮聚湧的聲音。但嬰兒那時可能不餓，沒有張口。

後來再試很多次，沒有成功，汗水一粒粒沾滿乳房，像顆蒸爛的白饅頭。儘管我將她的嘴強硬塞滿，她仍輕含表皮，可能只嘗到鹹鹹的汗，還有由我體熱引起的濃烈睡意。當我越來越用力地以乳房撬開嬰兒，一切就只剩下惡意。

沒有人會怪罪嬰兒，所有人都質疑我。專業的護理師也認為是我的方法錯誤，叫我「再試試」。丈夫以為全世界的母親都親餵。婆婆認為母乳以外的，都是毫無養分的毒料，若無法親餵，我只是個故障的水龍頭。

明明是我和嬰兒兩人沒有力氣與默契撐完這件事，卻只有我必須持續努力。我的乳房硬如石塊，只能擠出來。嬰兒不用出力，在瓶裡吃得順暢，便再也不願嘗試。

只有我一個人需要勞動，洗奶瓶，拆開所有零件，細細刷洗，最後還要烘乾消毒。嬰兒只是一個麻煩，沒帶給我任何成就，長大後只會將我踩到更深的泥淖中。

嬰兒餓到無法禁受，號哭不止。我熱好瓶裡的奶，帶著一條紗布巾。

我將嬰兒抱起，僵著臉，盯著奶瓶中白色的水線咕嚕起泡下降，我的手被拴在奶瓶上，漸被周圍高漲的世界淹沒。

奶溢出嬰兒嘴角，我不耐煩地用布巾擦去。當奶越來越少，我頻繁地轉動奶瓶，用力地把奶瓶推進嬰兒口中深處，嬰兒更想向外吐。

我大叫一聲，問她為什麼又不喝完，浪費，今晚又會睡不好。嬰兒不解，一股腦地哭。我一言不發地離開，捨不得把奶倒盡，直接放入水槽，留著我剩餘的理智，打開水，水流繞過奶瓶，一下子就消失在塞滿的雜物之間。水槽裡的肉已經退冰，軟爛成一漿血肉，蔬菜剁好準備要洗。

嬰兒又開始哭叫的時候，我才想起忘記拍嗝，我方才的怒氣全積在嬰兒體內變成鉛塊。我同時在廚房大叫，水槽的水不停流動，想要把燒熱的我沖往下一個任務。我也餓了，必須在這個時間同時準備午餐與晚餐，一分一秒都不能浪費，丈夫回家才能立刻吃到熱騰騰的晚餐。

後來聲音沒了，嬰兒可能是哭累睡著了。

我走回房間，躺在床上，床墊深處吐出微弱的嘆息聲，還擠壓出我身上的汗氣。嬰兒體內浮滿氣泡，無法與睡眠完全密合，聽到我的聲音，便發出咿唔的短吟。

我想休息，嬰兒料準了，剛剛故意不把奶喝完，才能讓我把睡眠拋下，回到她的掌握。我只是她手上的發條玩具，只有回到她手上，讓她親手旋轉，我才能重獲動力去做別的事。

我給嬰兒塞奶嘴，延長她的睡意。一片黑暗的房間裡，我解鎖手機。

「又去旅行？」「是多有錢？每天吃餐廳！」「只會約會，不結婚嗎？」社群軟體是我唯一的對外窗，只要推開，觸目盡是令人生厭的畫面。我會再次確認，只有我被留置在這個時光靜止的房間，其他人回溯少女，或是貴氣地添購更多時間。沒有孩子，走到哪都碎步輕盈，裙襬浪蕩。

嬰兒的腸胃滾動起來，擂出戰鼓般的熱烈聲響，久久不止。

我皺著鼻子靠近，用指甲邊緣撕開尿布，腰像一條拉開的弓弦。我把嬰兒端在蓮蓬頭旁邊，將身體挪到離她屁股最遠的位置，調整水溫，再讓嬰兒被水沖淋，小小的屁股縮一下。

我一直沖水，遲遲不伸手清理夾在皺摺裡的殘屑。不想碰到。每次洗完，儘管已反覆搓洗出滿手泡泡，我還是神經質地頻頻嗅聞手指。最後我才咬牙，快速伸手揮抹幾下，關水後立刻低頭檢查衣物上有沒有潑灑到腥黃。

嬰兒是一坨永遠洗不完的大便，我甚至覺得自己由殘留臭氣的指縫開始，也同化為一坨排泄物。我時常想浸躺在水澤中，沖去渾身骯髒，變成一道能夠任意穿梭管道的水流。但清潔的母親，似乎就不是母親了。

天色漸暗，我匆匆忙忙地做了很多家事，家裡聲響四起，衣櫃和地板，馬桶和拖把，遍地烽火的戰場，嬰兒被熱鬧的氣氛燒亮眼眸，視野都變得晶亮。

家門口傳來鑰匙的撞擊聲，我正扶起嬰兒拍嗝，便在她耳邊小聲說：「爸爸回家了。」

我們此時回歸同一陣線，有共同的任務，必須收拾好混亂的情緒，以溫柔的母親與乖巧的嬰孩姿態，消隱在丈夫混濁的氣味裡。

我拍得越來越慢，把彼此的心跳節奏拍慢。丈夫在外面吃飯，我一直打呵欠，嬰兒的眼皮也越來越重。等嬰兒打一個長長的嗝，我們一起躺下，黑暗淹滿整個房間。我睜大眼睛盯著天花板，又是無愛的一天。

我睡了一會，再去把剩餘的家事完成，洗碗、晒衣。嬰兒醒來之後，發出孤單的哭聲。「快叫她安靜，好不容易下班了，我想休息。」丈夫從另一個房間出來，用力密閉嬰兒的房門，想藉此阻斷嬰兒的吵鬧。

我推開門，快步走向嬰兒，手濕漉漉的，把她抱去陽臺，一起晒衣服。嬰兒終於被抱在懷裡，明亮眼神有如大夢初醒，不斷發出歡快的音階，頭像彈簧娃娃一樣不規律晃蕩，我一直噓她，希望她調低音量。

每到晚上，家裡聲音的渣屑全該被掃進我這把畚箕裡。嬰兒一發出聲音，丈夫就像獵豹一樣立刻飛撲上來。

因此，我常常摀住嬰兒的嘴，鼻子也要，不能留下任何共鳴的腔洞。

日復一日，我在家裡不再發出聲音。不是不想說，是完全沒有話說。成功的話，嬰兒可以一整晚都不用見到丈夫。我嚴格閉氣，不擾動任何水流，我必須是家裡最平衡的支點。

陽臺門邊積聚一撮撮髮絲，看起來好像地板裡住著另外一個女人。那是我大量落下的長髮，只要指縫夾過，頭髮便離根散落。我趕緊捏在手裡，拋出陽臺，怕被丈夫看見。我的胸部、肚子和屁股都在下墜，嬰兒的手揪著我向下拉，逼我跌過那條美麗的底線。

我晒完衣服後，繼續站在陽臺。我們住得很高，這裡沒有遠方，我能看到的只有對面住戶的窗簾或盆栽。向上望僅有裁切的天空，但現在不黑，也看不到月光，雲朵詭異地折透城市的虹光。我探頭向下望，下面的東西看得不太清楚，我凝望的眼神順著我彎曲的軀體向下拋墜。如果不再退後一些，可能整個人便被拽扯下去。

嬰兒肚子又餓了，才發出嚶唔的聲音，丈夫立刻敞開房門。

「我要睡了，明天還要早起，千萬，別讓她吵我。」丈夫的眼光和音量都像剪刀，誰也不能靠近。

我立刻溫一瓶奶，抱著嬰兒回房，關上我們的房門。

嬰兒喝完奶後想睡，但不敢離開我的胸懷，稍稍移動，睡眠就破碎。我只好抱著她，睡睡醒醒，奶瓶不能抽空去洗，小蟑螂趁機溜上去，還有更多隻黏在垃圾桶裡的濕紙巾和髒尿布上。

蟑螂擺弄的觸角逐漸逼近我們，似乎誤認我是騰散熱氣的食物，我動一下身體，蟑螂被嚇跑，躲到陰暗的櫃底。嬰兒也被震醒，像一隻蟑螂那樣驚愕地扭動，才微微哼出聲。丈夫使勁掀開門，「妳幹麼？我不是警告過妳嗎？」門再被用力甩上，嬰兒被嚇得渾身一震。

我不能動，也不能不動，我必須活成一隻蟑螂。蟑螂再度爬近，碰到我的身體之後，立刻嫌惡地偏頭跑開。

我把頭埋進一顆枕頭裡，悶實口鼻，所有叫聲都是蓬鬆的雲朵，太多問號揉雜在體內，不喊出來，全變成身體裡的倒鉤。後來我放下枕頭墊在腰後，靠在牆邊抱著嬰兒。嬰兒一直朝我的身體鑽，臉湊向熱源，想進佔我的身體，擴大睡眠的疆域。但我被夾在嬰兒與牆之間，四肢冰寒，吹來的風一絲絲扎刺皮膚。

當太陽快出來的時候，嬰兒才睡下沒多久，我的眼球乾燥，能聽見自己緊促的心跳，怕外面有過大的聲響。我一直護衛著她的睡眠，保持固定動作，看似柔軟溫情，其實只要她張口，我一起身，渾身僵麻的我只會讓她沉沉落地。

等到丈夫離開家裡，我才緩緩挪動身軀，舒張關節，把她放入嬰兒床。即使我動作極度輕微，嬰兒仍立即醒覺，嚎啕大哭，這真是再尋常不過的一天，充滿朝氣的清晨，我從心底暢笑，和嬰兒一起毫無顧忌地敞開喉嚨。

我必須離開嬰兒，像卸妝，或脫掉一件戲服那樣。

我身上無法塗改的錯誤越來越多，必須除去錯誤的源頭，一點也不複雜，像用手掌打死一隻蟑螂，壓扁每一顆卵鞘。

●

那時母親就在這樣的時刻一走了之，我終於擁有母親離去時的眼神，像照鏡子一樣，我們的眼睛裡都充滿絕望，我們的靈魂黏合成一個巨大空洞的腔室，她的想法清楚地在我腦子裡高聲嘶吼。

我不能再待在這個家裡，即使離開丈夫和孩子，我依然擁有母親的身體。我必須讓孩子消失，這般殘酷的我也必須消失。

嬰兒此刻就在我眼前，哭個不停，我和母親的故事，可以寫成同一個。母親當初能清楚分辨她厭憎的是在嬰兒面前的自己，所以選擇離開嗎？母親因為愛我，才離開我。

蟑螂產卵之後，大量的幼蟲便成為能自體生存的若蟲，母蟑螂立刻竄逃也無妨，孩子會在重複蛻殼中長大，但蟑螂活躍的壽命大多只有半年。我已經死去許久。

家裡的電話響起，應該是早起的婆婆，鈴聲和她的聲音一樣熱切。

我試著向門外走去，打開門，不回頭看，嬰兒哭聲是退遠的潮，漸漸乾涸。我突然看見眼前有另一個女人，穿過時間一般地穿過我。她走到嬰兒床面前呆呆站著，手裡握著電話，另一手驅趕黏在布巾上面的蟑螂後，拳頭緊緊握住木頭床欄，發出顫抖的聲音。

我知道她正想著：

「啊，我是一個母親呢。」

她乖順地和電話裡的婆婆告別，請她放心。放下話筒，她才發現她的指甲深深刮刺手臂，撕開皮膚，想起身為母親的疼痛與猙獰的血肉。

不能再有失去母親的孩子，我必須成為她們的母親。

母親最愛孩子，母親將哭泣的嬰兒抱起來，包容地逗弄她，擠出最具有母愛的表情，細心照料嬰兒，做好所有家事，等丈夫回家舒適休息。

這樣下去，嬰兒未來將會最愛那樣的母親。

然後等嬰兒長大，就能把這些僵硬的愛，順著她的產道，誕生成柔軟而天生的愛。

再等一下

婆婆四五點就起床了，我和丈夫一起先扶她到廁所，我替她脫下尿布，等她小號，擦拭清洗後，再替她包上尿布。回到客廳看電視，我拿起遙控器要遞給她，她嘖了一聲奪走，熟練地按下靜音鍵，再快速切換頻道，按到底，又再按回來，每一臺的畫面都截得那麼短，她似乎想蒐集這些畫面，拼接她漫長人生的剪影。

近年她耳朵已經重聽到幾乎聽不見，她轉到重播的鄉土劇，幾個角色對立僵持。應該是精彩的高潮，但少了聲音容易讓人分心，難以理解複雜的劇情，我的感官還沒習慣，我依然是個有聲音的人。

後來又換到摔角頻道，婆婆興致勃勃地觀賞，畫面上的兩人沒有對話，只是肢體碰撞，肉體的拍擊，關節拉出華麗的角度與動態，他們口中只有充飽中氣的長短吶喊。沒看多久，整點到了，廣告陸陸續續抽拉出新的節目，婆婆又開始快速轉臺。

我轉而望著婆婆，外頭陽光還沉睡在灰黑的天幕底下，電視的光流進她臉上的溝槽，像咧開無數啜吸的口型，她突然瞪我一眼，遏止我的窺視，我回身準備出門。

丈夫早已回到房間重新陷入熟睡。男人真好，像拉起一張棉被那樣，輕易就被睡意覆蓋，再以鼾聲宣揚。六點，外面的早餐店開張了，我拽著皮包，大聲跟婆婆說我要出門買早餐，她沒有理我，眼睛緊緊黏在電視螢幕上。

以前精心為她烹煮早餐，調味和用料都謹慎斟酌，剛開始掌握一個老人的健康，像握著一隻柔軟的雛鳥，仔細呵護。但沒想到細心的手反而成為囚牢，婆婆極力掙扎，兩敗俱傷。婆婆越吃越少，挑剔越來越多，我倒覺得沒什麼問題，味道恰好，清爽新鮮。

我大幅修正，照別人的食譜做，都不是她要的，罵我「生番」。最後只要婆婆的嘴巴停止咀嚼，就吐出嚴厲的責備與酸苦的話語。丈夫以前一起吃也沒什麼意見，一旦婆婆開始嫌棄，他也就吃到微妙的同感，皺著眉用舌頭細細翻攪出我每道菜餚的瑕疵。

後來直接買現成的早餐，婆婆依然挑嘴，但只要避免日日重複相同的食物，她會罵少一些。好吃的，可能就是皺個眉，嘴巴碎念一些聽不清的語詞。買久了，在腦子裡描繪出她的味覺地形圖，終於漸漸避開深谷與絕壁。

出門前，繞回房間，拍拍丈夫沉穩起伏的身體，請他留意婆婆。丈夫瞇眼坐起身，我彷彿可以看見他眼前有如大霧漸散。我說的話混進空氣摩擦的低頻，他尚未喚回意識。

走出家門，時間變成河流，臉漂浮在水面上，有時向下沉浸，溺到深處，聲音忽遠忽近，包在囊裡或清晰地爆開。我能感受任何一束光從我皮膚滑過。我看見大樓底下的樹木和行道樹樹葉上的灰塵，它們在風中擺盪，我也在向前流動。

騎車時，我能聽見紅燈時旁邊機車雙載年輕人的輕聲對話，我看見陽光如何爬過每個騎士的身體，排氣管的廢氣如何在空氣中疏散。

點早餐的時候，我稍微思考猶豫，老闆便直直注視著我，觀察我細微的反應，敞開記憶準備輸入我最後的決定。我喜歡這樣的時刻，我被珍重善待。

等早餐的時候，我抬頭看電視，新聞都是我沒看過的，音量被早餐店的鐵板和鍋鏟聲壓弱，我聽得不太清楚，老闆跟我搭話，似乎是在推薦他們最近推出的新品，我無法一心二用，只能敷衍點頭。老闆也不生氣，不知何時回到煎臺，再回神，我的早餐被盛在挺立的袋子裡，放在櫃檯上。

再等一下，我想多看幾則報導，回到黑暗的洞穴裡慢慢咀嚼、思考，讓它摩擦燃燒，時間才能重新在身上溫熱流動。

回家的時候，到我娘家的路就近在下個路口。媽媽還來不及變得很老，癌症的腫瘤便像果實一樣纍纍結出，在體內囤積。送進醫院，藥物和放射治療如一道閃光快速掃過她的身體，來不及再返照，她很快就過世。

我特意多繞一段路，看看老家，媽媽常弓腰打掃的騎樓，總呆坐著看電視的客廳，現在都已經被弟弟出租給店面了，重新裝潢，隔出廣闊的空間，高級的木料，打上暈黃的燈光。我不記得裡面做什麼生意，那已是被篡奪的場景，媽媽不再和我隔路互望。

丈夫以後會像我一樣後悔嗎？沒有多陪陪自己的母親，母親是唯一無條件地聆聽我的人。當初虛擲的時間現在全部淤成爛泥，逼我湧向另一條血脈，和另一個媽媽纏繞，卻又不相匯融。

我和婆婆本來被丈夫這道牆隔在兩端，他被我們各自仰望的目光投射，顯影乍看巨大可靠。

丈夫有天說捨不得媽媽去養護機構被陌生人照顧，他們不是自己的親人，再怎麼專業，都只是公事公辦，甚至會在暗處對老人宣洩怨氣。但他只負責捨不得，像從櫃子裡整理出一個舊背包，捨不得丟，就套在我背上，旁人再輕微的碰觸都可能是破壞。

婆婆終於被帶過來我這邊，我們日日行軍，各自沉默地踩過彼此心裡那些顛簸的窟窿，讓彼此受傷，卻不能解散。長期困在同一個營區，在同一扇窗看太陽的起落。回頭才發現，丈夫已經退到好遠的地方，光照不到的暗隅，縮得很小，像偷偷摸摸的逃兵。

也不是沒想過就把她當作母親，但她因為我只生出女兒，始終對我有明確的恨意，情緒不好時就衝我罵：「生不出後生。」在她傳統的觀念裡，那就是世上最不堪的髒話，好像我是一個無用卻無法丟棄的器物。她一輩子盼望香火的賡續，兒子是她緊緊握實的一支火炬，她想傳遞，但我接連生了兩個女兒之後，她的火滅了，槁木死灰。

我養兩個孩子長大，所有的時間都在做母親，丈夫也跟孩子一起叫我媽媽，丈夫回家只是像孩子一樣吃飯、看電視、洗澡和睡覺。

丈夫卻和婆婆之間充塞著厚實的故事，話語和微笑都能立刻接上過往的敘事。我只是截斷他們劇情的廣告，偶爾閃現。

我提著早餐回到家門口，轉到鑰匙的最後一圈，先不推開卡榫，讓鑰匙跟我一起深呼吸。進門之後，婆婆仍在看電視，丈夫已經完成盥洗與更衣，坐在婆婆身旁穿襪子，婆婆偏頭凝望丈夫，眼神毫無攻擊性，像片輕掠過的落葉。

和樓梯間陰涼的空氣不同，家裡氣流不太流通。婆婆不喜歡刺眼的日光，窗簾要拉上。為了遵守她省電的指令，燈也很少開，整個家像悶住未開的餐盒，空氣徹底腐敗。

我到廚房把早餐放進盤裡，端到茶几上給婆婆和丈夫吃，我在廚房坐在椅子上吃，被裝潢的櫥櫃擋住。吃飯時若躲遠一些，那些食物就會少了我的味道，她挑三揀四的頻率明顯降低。

我滑開手機，看見朋友們昨晚熱烈討論出遊地點的訊息，原來再兩天就是假日，她們分享好幾個景點連結，各自提出親身經歷或聽來的趣聞，決定地點之後，下一步討論中午用餐的餐廳。

到了我們這個年紀，兒女成家立業，不用再養兒育女，陸續有人成為阿嬤，開始重溫扶養嬰孩的記憶。卻沒人像我一樣，居家照護和小孩沒差多少的老人。

群組裡每則討論都是她們人生長篇故事的節錄：那座山廟在公婆在世時曾一起去參

拜，香火鼎盛，求事靈驗；那間農場曾和孫兒一同遊歷，有美味新鮮的牛奶製品，還可以投幣搭乘小火車。我滑過那些訊息，無聲地增加已讀的數量，她們仍在不停編寫新故事，所以舊的記憶總可以敘說得那樣精彩。我卻卡在同個篇章，每一天的故事都是前一天、前一個月、前一年的重寫。

她們在群組裡問我「能不能去？」，小心翼翼地明知故問。我簡短地拒絕了，丟出一個加商店好友得到的動態貼圖。她們看到之後，即使貼圖再怎麼可愛地旋轉，發出嬌嫩的配音，她們還是能穿透貼圖，穿透我點按貼圖的手指，看見我背後怒目的婆婆。即使她衰朽無力，依然能製造出巨大的陰影。

她們已讀，沒人回應。

假日雖然丈夫在家，也只是多了一具需要照護的身體，準備更多食物，洗更多的碗，地板更快被踩髒，有更多被放著忘記丟棄的垃圾，我的工作量驟然劇增。

丈夫已經退休，卻繼續到公司做義工，他說想留住自己生活的節奏，讓身體保持高速運轉，他是不斷被自己製造出來的新產品。每天回家，提著公事包站在門口，和準備出門的神態姿勢沒什麼兩樣，彷彿那幾十年的工作歲月都被摺疊起來，輕巧地收在他的公事包裡。

因為他平常去上班，假日便有了休息的好藉口。他不知道，我比他更像是一個認真的上班族，但我卻是在磨損自己，我能看見自己的零件沿路飛濺。

丈夫沒有將婆婆當作我們的共同話題，回家後依然看著他的電視，甚至更加沉默。在婆婆嚴厲地挑剔或責備我的時候，因為日日重複，他勉強將偏疏的眼神挪來見證，最後眼神又不知不覺地溜走，安靜地坐在原地看電視，婆婆是唯一的事實。

如果要和朋友出門，必須提早和丈夫展開斡旋磋商，先不經意提起，逐步增加暗示的強度，裝作滿不在乎地提幾次，再一舉直攻，不容許丈夫閃躲，才勉強有可能成功。

我的早餐吃完了，群組開始跳出頻繁的通知，我看了一眼，有人新提出關於交通的問題。我將手機收在抽屜裡，不想再聽見任何喧囂的聲音。

想洗碗，探頭看看他們吃完沒，兩個人正在熱烈的對話。婆婆說話除了罵人清楚直接，其他的不仔細聽就聽不懂。丈夫放大話語音量，緩慢地剖開字句的條理。婆婆發現我的目光，又罵我：「躲在遐創啥？偷聽，抑是跟誰講電話，偷來暗去，說我的壞話！」

我們即將被丈夫棄置在家裡，我們其實一樣孤單。他片刻的微笑與關懷多麼虛偽，他的聆聽只為了耳根清靜。剛開始照護時，我曾和他抱怨，但他也是這樣，為了讓我結束而聆聽，不同說法都聽成他無聲的結論。

丈夫吃完早餐，本來該和我一起把婆婆扶回房休息，但婆婆今天卻說她想繼續看電視，丈夫趕時間就先走了。他關上門不久，家裡的聲音一一消失，婆婆立刻就叫我扶她去休息，我正在廚房幫婆婆清洗她卸下來放在桌上的假牙，請她稍等一下。

以為沖乾淨了，手指滑過那些凝膠質地的膚色，仍然附著滑膩的唾液，反覆搓幾次才能洗乾淨。我握著她身體破碎的部位，肉色呈現不自然的嫩粉紅色，水焦急地噴流，碎塊裡殘留許多血肉與殘渣，多麼詭異的畫面，不會腐敗的肉，在流動的水中永遠咬著我的手，但我習慣了，必須完成刷洗流程，抑制任何細菌孳生的可能。

洗完後，我甩乾清潔的軟刷，將假牙泡在杯水中。假牙在透明水杯中放大，像電影裡鬧鬼的儲藏室，總有好幾罐泡在福馬林裡的人體器官。我用芳香洗手乳洗手，想搓去手裡殘留不去的黏膩感。

她永遠不習慣身上的異物，我也是她生活中的異物，她必常揣想擺脫的時刻，才讓當下的每分每秒變成來回切磨的利刃。我告訴自己，生活向來如此，不會更好，但我卻因此越做越好。

婆婆已經重複催促了好幾次，一次比一次大聲，少了牙齒，話語包在肉裡，更顯含糊。我假裝被水聲掩蓋，不做任何回應。慢慢喝完一杯水，才走到婆婆身邊。

書上說過，過度照顧只會讓老人退化得更快，只需要做到「最低限度」的照護，不用主動或無微不至，才能讓他們發揮自己既有的能力，活得更有自信。

我扶著婆婆的腰，撐住她的身體，刻意拉開一些距離，不用全力頂住，她走得顫巍巍的，膝蓋像是一顆放在木棍尖端的球，晃晃搖搖，只被微小的摩擦力護著。但她確實比我和丈夫兩人一起扶的時候走得更好，不會將全部身體的重量輪流往我們身上砸，嘴上的抱怨也少很多。

我放開一隻手，只留一隻手扶她的腰，她也能以掌抵住另一側的牆面繼續邁步前行，走到最後才想到要罵我，在我耳邊大吼，怒斥我愛偷懶，不認真，做什麼都做不好，「想要我跌死？」這比起她在丈夫面前罵我的話要好聽多了，可能發現自己能力尚存，離死亡遠一些，便不再焦慮地壓沉眼前的浮木。

之前被罵到心思消沉，想要快點結束這場噩夢。覺得自己一無是處，兩個女兒都顧大了，卻沒辦法顧好一個老人。對她越好，她越肆無忌憚地羞辱我，比如把專門為她買來的點心咬進口中，再嫌惡地抿唇呸出，她的衣服全濺上泥爛的渣沫。

前一陣子假日還曾開車帶婆婆出去玩。我們不想讓她鎮日藺居家中，但出門便不能一直攙扶她，必須讓她坐輪椅，才能延展出深廣的路徑。後來婆婆不再想出遊，也不說原因。她那時在輪椅上蜷縮身體，小小的頭左右探望，好像一隻關在提籃裡的寵物，好奇新鮮年輕的世界。但她心裡可能排斥輪椅，長出兩顆大輪做腳，她蒐集旁人的目光，不願自己被當成殘疾人士，或是癱瘓的失能老人。

攙著婆婆坐到床上之後，我輕推她的肩膀，想讓她倒臥，她挺著肩，吵著要換厚一點的衣服。我滿身大汗，電風扇吹不散房裡的悶氣。勸了她幾次，她卻持續堅持。

脫衣和穿衣時她刻意不配合，弓曲手臂不讓衣袖順暢穿過，僵硬得像個瞪大雙眼的陰森人偶，扣鈕釦時劇烈咳嗽，晃動身體。若稍微大力一些箝制住她，她便連珠砲地飆罵髒話。我一邊穿，流滿身汗，一邊偷覷她壓在我頭上的冷漠眼神，擔心她等下又喊熱，這些麻煩的順序全得再重來一次。

她像是一顆鐵球，不定時以凶猛的態勢向下壓，整個家變成一張布幕從她的位置開始沉陷倒塌，我們都被扯落。日日被捲壓在她身下，我已經擅長收摺自己，冷靜推敲她滾動的軌跡。

她還沒穿尿布之前，時不時吵著要換褲子，換床單，也不多說什麼，只是一直催促、罵髒話，換好了就趕我離開，好像截斷別人的話語和眼神就能烘乾所有腥濕的印記，全家只剩下她不習慣身體的失禁。

我那時拿著褲子走出去和丈夫說話，她明明在房裡，耳朵也聽不見，卻能敏銳地察覺任何關於她的話語，隔著房間對我淒厲地叫囂。一旦我們想將她困在尿布裡，她就猛然壯大，狠烈怒叱，想破除所有的屏障。

聽力減弱反而讓她從各種唇形聽出更喧譁的音調，耳朵裡冒出許多難以預料的妖魔鬼怪，我被訓練得越來越少說話，有什麼要討論的事，就在手機裡和丈夫傳訊。

婆婆沒喊熱，終於休息了，呼吸的浪從她房裡一波一波地拍打到我耳邊。電視還開著，光線依然快速流閃。

我切掉電視，躺在沙發上休息，但到了這個年紀，即使疲累、睡眠不足也不能說睡就睡，頭腦自顧自地快速運轉。只能逼自己閉眼閉久一些，克制眼珠不要轉動。婆婆卻做不到，睡不著就毀滅所有人的睡眠。

昨晚婆婆叫喚我們兩次，比起之前次數已經減少。一次是想上廁所，得靠兩個人的力量才能更快地解決，丈夫和我早已能夠立刻清醒，把睡散的力氣快速凝聚。第二次是想喝水，慶幸當時我們兩個都還沒重新入睡。

或許她只是害怕夜晚，夜晚跟死亡如此相像，都是無邊無際的黑暗，以致於她每次睜開眼，就想以呼喊逼我們開燈。她死命地拉扯、踐踩，在我們平穩的生活中，挖出藏身的壕洞。

我慢慢學會不用太快回應她，等一等，迫使她的慌亂成為尋常，讓痛苦延續，反而漸漸無從覺察。畢竟碗盤還沒有洗，桌子還沒擦，桌面的垃圾也沒收，如果她叫我，我想再等一下，再多躺一下。

今天晚上又可以去上師姊的佛法課，在這課堂，我們透過佛理討論不同的人生際遇，藉此傾聽佛祖趨近永恆的聲音。我練習轉念，我對給我惡境的人觀功念恩，這些都是生命的功課，沒有終止的一天。

婆婆突然叫我，要上大號，這可等不得，我耗盡力氣扶她坐上便椅，便回到客廳，一口氣喝完一整杯水，擦乾額面上的汗珠，身上卻不斷滲出汗水，好像婆婆依然黏靠著我，飢渴地吸吸我的毛細孔。

我決定戴上耳機，翻開經書開始隨聲誦念，覺得力量果然慢慢流回身體，閉著眼睛，也能念得順暢。重複的經文好像能將我承托到遠方。我彷彿聽見婆婆在叫我，我越念越大聲，婆婆的聲音夾纏其中，有東西砸落的聲音，悶悶沉沉的，被空氣安穩地兜罩，婆婆尋常至極的吼叫。我繼續念，生命的破碎不是結束，還有太多挫敗等著，推不開冤親債主，要接納，讓痛苦成為自己的一部分。

過程必須要專心，我必須修心自持，聽不見外來的聲音，以專注凝想永恆的神祇。婆婆的聲音一直竄進來，我按幾下音量按鍵。再等一下，我力量太小，這經文才是真正能幫助我們的神祕力量。丈夫應該快要回來了。

再重複一遍，我把這遍經文頌完，迴向給婆婆，念《圓滿奉送咒》：「唵　乞及拉　目訖叉木」。我念出來的文字像一條繩索，將我像陀螺那樣打旋，綁到婆婆身上。轉念，將生命的絕境懸崖削薄，變成平地，不再墜落，順暢地走進彼此的命運。我想公開宣布：「我做得很好，我修佛了，不論是言詞或心裡，我不再有怨。」廁所裡好一陣子都沒有聲音，家裡沒有任何的聲音，只有耳裡口裡相疊的誦經聲。

我能看見婆婆正在將自己掙扎的靈魂塞擠進一個老人的身體裡，再嫌惡地抽出來。

再等一下，等丈夫的鑰匙轉開門鎖，婆婆越來越獨立了。在永恆面前，現在是如何的微不足道。

丈夫突然站在我面前，在我面前張大嘴型，他的懸雍垂在搖晃，像寺廟的大鐘。他扯掉我的耳機，兩顆黑耳塞掉在桌上輕輕顫動，爆出巨大的音聲，經咒繼續誦念，我能毫無中斷地接著誦經。

我的耳朵嗡嗡噪鳴，耳膜有種刷薄後的敏感，丈夫吼的每一聲彷彿都要貫穿我的身體，我聽不清楚那些刀箭的形狀。我聽不見任何的聲音，我已經將我自己訓練得這麼無怨無悔，現在預習過的命運即使在我身上實現，我很熟悉，不會畏懼。

若沒人聽見我們的聲音，我們就對自己說，罵人給自己聽，念經給自己聽，專注接收佛祖的指令。

以後婆婆死去的時候，我也就那樣老了，我們終將合為一體。家裡沒有任何變化，時間靜止，或是極度緩慢，動作都是真空的飛翔。我躺進婆婆的床上，雙手合十，不朽的肉身菩薩，將旁人推進漫長的時間縫隙裡，看不見終點，悠悠度化他們的俗世顛簸。

你們每一個未來都要像我一樣，要成佛，先受魔。

退潮

她的房間有兩扇窗，如果都打開的話，風會毫無阻攔地穿過紗窗，挾帶著飽滿的陽光與飄浮的塵粒，填滿她的房間。因為她開始畏光，早上吹到風會冷，她將兩扇窗安裝遮光窗簾，在睡前將窗戶先關上，再將窗簾全都拉上，直到早上，房間裡一點光也沒有。

她已經醒了，但還躺在床上，覺得冷，將厚棉被緊緊罩住自己，體內卻像是一潭冷泉，不斷湧升出令她發顫的寒意。眼前所有東西都失去輪廓，但其實就算滿室光亮，衰弱的視力也已經讓她眼前的世界漸漸退後，彷彿自己置身於一竅巨大的核彈坑中央，周圍空空漫漫，荒涼無物。就像現在，她看見房間彼端的化妝鏡上沾上了一層薄薄的灰塵，甚至桌上的除皺去斑精華液、乳液、足部滋養霜……她卻看不清楚自己伸到眼前的手究竟是什麼模樣，又多了幾條皺摺？

她搓了搓自己的雙手，發出揉捏塑膠袋的乾脆聲響，而且冰冷，她將手甩了甩，似乎下一刻就會啪噠一聲，硬生生地像被敲碎的冰柱一樣掉落下來。

她想看看錶，躺著摸了摸床頭櫃，卻碰翻了一盤紫水晶碎石，重重地灑落在她的枕頭與頭上，冰冰涼涼的，有如一陣劇烈的雨水。這些碎石是當時買水晶洞時一起帶回來的，她的朋友說水晶對改善磁場非常有效，對個人的運途、事業、財祿、陽宅都很有幫助。

雖然覺得昂貴，聽著朋友滔滔不絕的說明，她還是買回來了，興沖沖地將水晶洞放在客廳最合適的方位，還將一大袋碎石分裝成四盤，放置在家裡四個邊角，滿心期待財氣源源不絕地騰滾入屋。好幾年過去了，她沒有一夜大富，也沒有花財流水，磁場凝結成膠凍，停滯而毫無流動。

她撿完那些水晶，將盛裝的盤子推移得更遠一些，想起要找手錶，怎麼也記不起來昨晚睡前將錶解在哪裡。腦子蒼白褪色，那些令人眼花撩亂的細節與記憶皆剝落飛逝，剩下輪廓。

最近她有好多東西一離開手，就不再出現了，有時候還記得該去找，更多時候是連忘了都不知道的。她的房子是個隱密地吞食記憶的神祕怪獸，讓她日益蒼老，現在連時間也被遺忘了，她對這房子感到恐懼。於是她打開電燈，環視周圍，還是找不到，就想下床了。

應該也差不多是那個時間，五點多一點或少一點，就算記憶開始跳針，她的身體卻非常規律，日復一日、年復一年，曾經她以為她的身體就將這樣恆久不變，像是一臺老舊卻持續運轉的機器，沒想到最近卻開始發生零星的故障，讓她惶恐而無所適從。

她早起是為了趕在六點到游泳池上班。泳池早場營業，那時候陽光熹微，涼爽宜人，總有些泳客喜歡晨起入水，游上幾圈。她得在營業時間之前到達游泳池，拿出保險櫃裡的票券及現金，安靜地坐在售票室的小洞口後面，等待有人向她購票。

她走出房間，經過以前兒子的房間，裡頭因為窗簾被拉上，也是撲上一層厚重的黑影。電腦桌上沒有電腦，被兒子帶去大學宿舍了，電風扇包罩著黑色的大垃圾袋，袋口被她嚴密地束在電風扇的立柱上。床墊最近被她豎立起來，靠在牆邊，露出床板的木造結構。兒子不在家幾年了，她倒是常常進去兒子的房間，清理掃除，或是變動擺設，有時插一朵花。

她走到客廳，地板灰沉沉的，像是起霧的玻璃。她脫下拖鞋，用乾燥的腳掌摩擦冰涼的地磚，果然太久沒掃地了，最近每天下班回家總想徹底掃一掃，卻都開著電視，躺在沙發上睡著了。有時候乍然醒轉，趕緊關了電視，洗澡上床，但有時是滿身痠疼、手腳發涼地醒來，惶恐地抬頭注視時鐘，才發現已經半夜兩三點了，電視仍然像是等候著她一般，堅定而慵懶地綻放光影，她心裡為消耗整夜的用電量（還有頭上那兩柱明亮的日光燈！）感到心痛。甚至她會發現電視上頭播放的節目可能與她睡著前看的一模一樣，讓她神智昏亂，若不是看過時間，還以為自己只是打了小盹。

以為自己還年輕呢！她開始提醒自己得坐著看電視，換個耗電量較低的燈管，一個人住，還留個亮坦坦的客廳不是浪費嗎？也要記得今天回家得掃掃拖拖。喔，她得快點準備上班了，必須快去盥洗整理。

她褪下內褲坐在馬桶上，拿起馬桶水箱上的馬克杯，裡頭還插著一根搖搖晃晃的吸管，她將杯子塞進兩腿間，極為熟練地，盛滿了黃澄澄像茶一般的尿液，用吸管攪了攪，快速喝盡。她已經習慣了，自從同事跟她說喝尿有益健康，在群組裡翻出照片，舉證許多天神顯靈般的療癒過程，她才驚訝地發現身邊居然有許多人都在喝尿，她便也虔誠地將這項儀式複製入她單調的生活，規律運轉，味道漸漸消失，身體是否也連帶淨化昇華，她無從察知。

因此她最近常在想，是不是該買個什麼東西，或是建立某樣興趣，讓生活不這麼無聊。

她穿回內褲，依然沒有任何前來的跡兆，經期該到的日子早已經老成一張壓在廢紙堆裡的日曆紙，像是一個錯身，它早已立定在遙遠的地方，而她的身體卻不停奔前。她彷彿走上一條乾涸的河道，前方路徑風化磨逝，塵沙漫漫，她多麼害怕下一步就踩空，失重地墜跌。

醫生對她說：「只是更年期。」她聽到瞬間滿眼昏花無法回神，幾乎讓人以為她被宣判了絕症。太快太快，總還覺得下腹隱隱作痛，這是說她已經停止排卵，她失去膨脹孕育的能力，有如一顆放在角落，緩緩放風皺縮的氣球。她的生命就從那裡展開第一個死亡。

她沖洗泛起黃漬的杯子，看見一包衛生棉用了一半，放在衛生紙旁，她把洗好的杯子壓在上面。醫生說經期將開始混亂，不來或一直來，就像一架訊號斑駁的電視。

她將一個昨天買的燒餅丟進烤箱，包著燒餅的紙袋浮上深色的油，她撈著紙袋底部散落的芝麻與碎餅皮，一小撮一小撮地吃掉。打開電視，轉到一長串新聞臺的其中一個，覺得真是難看極了。選舉將屆，島嶼硬生生張開一片篩網，他們被留在篩網上頭，在半空徬徨晃盪，而篩過去的人，掉落在島嶼土地上，長成遼闊的植被。

她沒有歸屬，但不是指那些她厭倦的複雜族群與政治。她年輕的時候失去了丈夫，牽著年幼的兒子站在靈堂裡，兒子調皮摘了一朵白花，玩在手裡泛出了水，濕濕爛爛的，她看了一股氣，奪了過來，捏在手裡，便輕易碎解了，散亂地黏在她的掌心。兒子倒是嚇壞了，也沒哭，愣愣地睜大眼睛瞅著她，黑黑的瞳孔反而緊緊圈住了她，她蹲下來抱住兒子，決定不再放開了。

後來兒子長大了，離開了，交女朋友了。前天晚上打電話回家，兒子跟她說，趁著這次週末，要帶女朋友給她看看。因此她還特意去剪了頭髮，染得烏溜溜的。她得化妝，翻一翻卻發現好多化妝品變質了，跑去百貨公司挑了幾款。

她這幾天不斷想著兒子是變胖還是變瘦，總在打工，想也知道沒吃好。將通訊軟體上的小小圖片湊近眼睛細看，應該是瘦了。她記得多麼清楚，兒子愛吃的菜和小吃，愛喝的飲料，母親節卡片上寫的大大的最愛的人。啊，兒子的愛也是會舊的，兒子的女朋友都要活生生地跟她打照面了。

她屬於誰呢？經歷過這些人，將繽紛的青春投注在他們身上，最後他們各自離開，她還是變成自己一個人，獨自面對自己高麗菜般越剝越薄的生命，以及，枯梗的身體。

燒餅才吃一半，飽了。她站到鏡前，撥撥頭髮，拿出口紅抹了抹，她上班不化妝，人老了就老了，何必頂著一臉厚粉。搽點口紅，提振氣色，也就夠了。

她把吃一半的燒餅放回冰箱，赫然發現手錶躺在裡面，浮起一層白霧，拿在手裡還滲著水，原來是收飯菜的時候一起放進去了。可能壞了，兩根指針有如老人的腿骨，卡在昨晚的時間，巍巍抖顫。

她敲敲甩甩，用衣襬擦乾潮氣，本想得重新買一只錶，但沒想到錶突然動了起來，秒針先困難地掙脫那停頓的一秒，絆一兩下，便順暢地移動。於是她調整時間，掛回手上，提著包包和安全帽就出門了。

她的摩托車可能機件老舊，轉了鑰匙，怎麼按發動鍵都沒有反應，她只能用力踩踏板發動，每踩一下，發出零件摩擦扭轉的聲音，車子連帶劇烈震動。她踩了幾十下，滿頭大汗，終於發動，排氣管咳嗽般地間歇噴出溫熱的烏煙。時日一久，什麼東西都老了，那一天這臺摩托車還是她的丈夫騎出去的，之後車子回來了，只是側邊多了一些擦痕，人卻回不來了。說是人飛了出去，飛出去，飛到很遠的地方，像候鳥一樣去旅行，她指著天空，對她兒子這麼說。

丈夫在摩托車箱裡留下一袋包裝精妥的女性泳衣。那個時候，她還可以在陽光燦豔、寧靜悠閒的午後躺在床上，把空白的腦袋塞滿夢想，要學習插花、舞蹈還是英文。她後來對丈夫提到她想去學游泳，但是生了孩子，發胖許多，舊的泳衣穿了左綳右塞的。沒想到丈夫就還記得，刻意跑了一趟，買了回來。

所以後來也沒去游泳了，什麼都沒有了，世界對她擺出新的臉色。她讓泳衣繼續放在車箱，繼續發胖，繼續騎這輛機車，找到工作，每天工作。

同事總問她幹麼還騎這車，不祥不祥，她對他們說捨不得多花錢，她知道他們私下說她重感情，愛到無所忌諱。她沒有跟別人說，其實她就是不祥惡兆，她也該輕飄飄地飛遠。

路上車輛稀少，空氣映著淺淺的藍光，還帶點霧濛濛的灰氣，只有早餐店煙囪一般撲出一叢叢的煙絮。她一直在安全帽裡打呵欠，不小心闖過幾個紅燈，一下子就到了游泳池。

鐵捲門重重地壓垂著，上面還沾了濕滑的露水，她插進鑰匙，往上推開一點足堪容身的空間，她便鑽進去，突然腰背緊繃，趕緊站直。之前閃到一次腰，難受極了，什麼姿勢都疼，連睡也睡不好，翻身時還會不自禁哀吟出聲。同事跟她說一定是她太少運動，她想也是。但拖到現在，也沒半點出門運動的意興。剛剛一低身，彷彿聽到骨頭酥脆的擠壓聲，她怕自己像是發潮的餅乾，緩緩塌軟。

整座游泳池一個人也沒有，她站在大廳，門口擺放了兩張大桌，讓收票員坐在那裡收下票券，撕成兩半丟進垃圾桶裡，裡面總散發著濃重的紙張與油墨的味道。一面大牆裝設了一格一格的置物櫃，上頭的漆殘缺剝落，有幾格還忘著色澤黯淡的寶特瓶。地板全都鋪上了紅豔豔的防滑地毯，塑膠製的，不吸水，因此那些泳客腳上身上的水全瀦積在地毯之下，經年累月，發出濕潮如鞋的怪味。

室外的泳池水光清澈，陽光開始在水面上輕巧翻滾。

她想起年輕的時候，一堂體育課，她坐在學校的泳池角落，身上穿的不是泳衣，而是燙得平平整整的制服與百褶裙，星點般的汗跡從背後映顯出來，她的額角出汗，屈立雙膝看著一本書，眼睛不時偷瞟在池子裡歡快喧鬧的同學。她正陷溺在更漫長悠遠的血流中，被推著推著，不停地翻滾眩暈。她很少下水，一開始真的是「那個來了」，後來，慢了進度，學得又慢又鈍，心裡發悶，也就當作藉口拖賴不下水了。

那時仍是一具猶如工廠，持續運作生產著什麼的高效能身體啊！汗水、血水、臉面的油脂與源源不盡的愛，漲滿她纖實的身體。

她突然打了一個呵欠，氣流凶猛灌入她的口腔，發出劇烈的聲響，像一陣大風颳入空幽幽的山洞。她覺得那些青春美好的事物好像不曾在她身上發生過，神祕的大規模退潮，毫無痕跡，太過寧靜，好像即將有巨大的海嘯撲滾而來，將她完全摧毀。

她走進辦公室，打開保險箱，抱著一箱零錢與票券，走回售票房。裡頭空氣窒悶，若沒有開啟冷氣，便無法通風，每到夏日陽光直射，冷氣在頭頂隆隆運作，室內卻總盤據著龐雜的熱氣，就算滿身大汗，她都習慣了。

售票室正面有一大片深咖啡色的壓克力玻璃，罩在花格鐵窗後面，外面的人無法清楚窺視，也無法闖入，只在她的座位面前開了一個面紙盒大小的長方洞口，讓她收錢找錢，壓克力兩端的人無法看見彼此，頂多看到手和胸腹之局部。她總覺得像個囚室，那個開口則是獄卒用以交遞飯食的通孔。

房間裡有床、冰箱、電風扇，還有烤箱，最多的還是後方一大櫃雜物，那些都是來游泳的人忘記帶走的，千奇百怪，什麼都有，昂貴如手錶、手機，重要的證件、鑰匙，或是連泳褲、泳衣都有人遺失。會一直堆放在這裡的，大多是已經沒人認領的孤絕棄物，丟也不是，不丟也不是，到最後連他們都懶得處置，就經年累月地放著，任它們沉靜地敗壞。

時間差不多了，同事們都到了，她打開洞口的遮蓋，把收錢的塑膠盤放在外面，翻開一疊疊花花綠綠的票本，然後坐著等待。一有客人來，她便俐落地撕下票券，收錢找錢。剛開池，人比較多，過了一會兒，幾乎沒什麼人了。

一個女同事走進來，坐在她旁邊，年紀跟她差不多，常常叨叨絮絮的，喜歡聊天，名字叫做美秀。最近美秀計畫開店，麵包店還是麵店，她沒仔細聽，總之一直遊說她也投資，一會兒分析市場，一會兒苦情相求，鍥而不捨。今天美秀劈頭便說：「妳考慮過了沒？就只差妳這一份了。拜託啦。」她有些厭煩，低頭看報，說：「但是我沒錢耶。」

她一生辛苦工作，努力攢錢，存進去的錢就很少拿出來了，她害怕一輕率地投資什麼，便一去不返，轉眼成空。她不想打斷美秀，有人跟她說話總是好的，聲音劈里啪啦地快速流動，讓她覺得熱鬧極了，像是聽廣播一樣。她偶爾回答，偶爾笑，十句話聽一兩句。報紙倒是看得仔細些，她翻到家庭與婦女版，裡頭說女人要找回自我，解脫束縛，懂得喘息與享受人生。美秀說她們都已經上了年紀，要趕快找件事做，否則豈不是無聊等死。

她收起報紙，突然問美秀：「妳還有來嗎？」

美秀一愣，接著大笑，「早就沒來了。怎麼，妳最近才更年期啊？」

她點點頭，美秀接著滔滔不絕地說當初她如何如何，說到擔心老公的身體，還有才小學的孩子，最近又要搞創業，如此繁忙，讓她像是點了引信四處蛇竄的沖天炮，充滿能量且聲音響亮。

如果美秀能推薦她做不花錢的事，那就太好了，她一定會很樂意去做。比如說美秀之前提過想去學瑜伽，她就很有興趣，但是後來美秀繁忙的腦子彷彿重新淘洗過一回，嘴邊全都是新的話題，她也就自然而然地跟著美秀的話語不停遷徙和遺忘，沒有停留。

「唉唷有人來了，妳就好好考慮一下，我會再問妳喔。」美秀匆匆忙忙趕去撕票，不久之後，遠遠聽到美秀跟其他同事說話的聲音。

她開始想睡覺，坐著點頭，後來乾脆趴在桌上。

睡了一會兒，乾淨無夢，感到有人在敲擊她的窗口，是一雙不耐煩的、年輕的手，糾結著賁張的肌肉，那些青筋皆如長鞭，像隨時都要扭甩起來。她意識模糊地為那雙手收錢遞票，然後又趴躺下去，她想起丈夫的手、丈夫的身體，還是那樣健壯的時候便褪去了血色，蒼白地躺在冰冷的鐵櫃裡。她卻一日一日老去，卸下裝備似的，除去所有青春的配件，任由殘烈的歲月不間斷地刮蝕她。

她開始覺得屈拗的後背緩緩僵直，彷彿血流褪盡，那一區塊的神經如紅磚牆上的乾枯藤脈，從隱約的痠痛到全無感覺。

她茫茫地坐起來，打直上身，卻突然發現有個老太太站在門那邊，穿著泳衣，不安地望著她。

她知道這個老太太常常來他們游泳池，病了，忘了許多事情，卻只記得想游泳。老太太沒人照顧，不知道住在哪裡，每天在垃圾桶找東西吃，自己對自己說話，所以他們常常會包飯菜給老太太，甚至帶她去淋浴間洗澡。

她開門走過去，扶著老太太的手，問：「您怎麼又跑來了？」

「欸。」老太太的聲音含混，像是有一大塊痰吸附了她大部分的聲音。

「您要洗澡嗎？洗澡的話要從那裡進去。」她指著外頭。

老太太看了她指的方向，點點頭，然後又凝視著她。

同事們不知從哪裡探聽來老太太的事，卻從來沒跟她說，她在同事談論時偷偷聽到的，說老太太死了丈夫，兒子結婚後出國不再回來，工作到五十多歲腦子漸漸不清楚了，沒人再僱她。撿過一陣子回收，後來一味蒐集與堆積，家裡空間逼仄，她便茫然向外遊走，隨處覓食。

她試著拉老太太，老太太卻動也不動。她叫老太太等她一下，想去找其他同事來幫忙，但老太太突然抱住她，一直嗚咽搖頭，嚷嚷著她要游泳，她要玩水。

老太太的力道強大，壓得她幾乎無法呼吸，她想跑走，極力掙脫，但越是掙扎，老太太抱得越緊。她的手機在這個時候響了起來，她趕緊從口袋裡抽出手機，看見是兒子來電，她歇斯底里地對著電話和大廳方向大吼救命，卻因為捏得太緊讓電池蓋和電池滑落，手機失去電力。

老太太聽她喊救命，也跟著喊。兩個人纏在一起，在房間裡跌跌撞撞，同事們聽到了，全都衝進來，看見這般景況，全都傻住了。

她們兩個站在房間中央，不停打轉，因為她想甩掉老太太，拚命縮扭身軀，而老太太也順勢轉繞。同事們站在一旁，眼花撩亂，兩個人的影像交疊在一起，最後老太太覺得暈眩，跌坐床上，手也癱軟鬆開。

她用力吸氣喘息，雙腳發軟，靠在牆邊，恍惚之間，覺得剛剛小憩還沒醒來，或許這是一場夢。

老太太完全沒有人可以倚靠，有如獨自站在一座湖泊的遺址，乾涸的裂紋和泥地一同被太陽蒸烤，唯一殘留的清醒與理智都消逝了，像棵一推就脆開的樹。

她看著老太太，散亂頭髮，泳衣下襬因為劇烈動作而被推擠到更上面的地方，那裡積著汙垢，還有顆粒明顯的橘皮組織。老太太也茫然地瞪著她，她冒著冷汗，覺得老太太在那邊等著她。老太太被同事們扶到外面去，他們打電話給相關單位，請他們處理。

她撿起掉在地上的手機電池，裝好以後開機，原本想兒子會立刻打來，結果半聲也沒響。她不該抱任何期待，簡直像個戀愛中的女孩。美秀問她還好吧？她攏攏頭髮，笑了笑，說沒怎樣，只是嚇壞了。

她決定回撥電話，一個年輕女孩的聲音，一直笑，笑得她尷尬，想掛掉電話。女孩可能在玩，手機裡聲音斷斷續續，像被手摀住又放開，傳過肉的厚實聲波。她聽見兒子的聲音，遠遠的，也在笑，兩個人在搶手機吧，她猜。後來兒子拿到手機，喘氣，問她有什麼事，她說：「你剛剛不是有打來？」兒子還在玩，頓了許久才回話，她的汗水越流越多，幾滴瀝過睫毛爬進眼睛，刺得她密緊眼皮流淚。

「妳說什麼？」兒子問，她聽見女孩唱起歌來。

她再說：「你剛剛不是有打來？」

「妳小聲一點啦……蛤？妳說什麼？」兒子又問。

她還是說，而且尷尬得試圖放大音量：「你剛剛不是有打來？」

電話被拉遠，「妳打給我媽喔？害她打回來了啦！」

手機變得滑滑的，她用衣服抹，畫面糊出一道痕，她說：「你今天不是要回來吃飯？」

「我已經到高雄了，等下吃完飯不回家睡喔，我們要住外面。」

她垂著頭，汗滴在褲子上，開出許多深色的花朵。「我是要跟你說，有人晚上跟我換班，你們自己去玩吧。」

兒子喔一聲，立刻掛掉電話，女孩最後還是在旁邊笑，很開心的樣子。

游泳池要關了。她聽見廣播說著：「距離清場時間還有十分鐘，請各位游客準備離場，謝謝您。」

於是她將小洞口重新遮起來，開始結算，將數字寫上報表，收齊零錢和票券，鎖回保險箱，再回來鎖售票室。

回家要做什麼呢？昨天的菜還沒吃完，不用再炒新的，還是看連續劇吧，從八點到十一點，有三齣連續劇她持續收看。她得拖地，得倒垃圾，家裡沒人，她為誰做這些？或許什麼都不做，讓夜晚濃縮成純黑，或許就不用看見生命移滅的刻度。她又害怕了，想起老太太，她想住在一個小島，在上面種需要細心照料的樹，海潮退時，島便凝聚得更高。唉，她在想什麼，腦子亂成一團。

她突然覺得煩躁，身體發熱，她知道她一直都很想游泳，就是現在了，現在再不游，她可能一輩子都不會游了。

她走到機車那裡，拿出丈夫買的泳衣，她的心跳得很快，打開蓮蓬頭沖濕身體的時候，她整個身體都在發抖，她覺得她像一隻歛翅急奔的雞，風吹在她帶水的身體上，浮起了一大片雞皮疙瘩，她的身體在陽光下閃閃發亮。她的腳掌垂下優雅的角度，試了一下水溫，平靜的水面上泛出層層漣漪，寒冷，但她還是跳下去，整個人陷入水裡，她看到很多泡泡歡迎她，在她身邊熱烈地綻放，旋轉上騰，像煙火。

她被包覆，靜悄悄的，只聽見自己的心跳。她得攀著池緣才能把頭伸出來呼吸。沒人教她怎麼游，她自己踢了腿，身體便箭矢一般激盪出去，她想呼吸，就用力划手，她覺得她的身體充滿力量，她像新生兒一樣首次使用她的身體，充滿驚奇。

她游了一小段，喝了一些水，靠在池邊大口喘氣，她看著自己的泳衣，幾乎忘了丈夫的樣子，兒子現在是胖是瘦，臉變圓還是變尖，她都不知道了。她看見自己的臉浮晃在水上，清亮有神，她想或許她還可以交個男朋友，或是養一隻狗，像她很多單身的朋友那樣。

她發現自己沒解下手錶，抬起一看，水都灌進去了，指針在窄小的空間漂流，再也數不清時間，沒有二十八天或是一個月，毫無聲息地倒數。

她解下手錶，想繼續游，卻發現從水中漂上一暈鮮紅的色澤，來了，又來了。她像個孩子慌張地跳上岸，想找個瓢子撈去，血澤卻越散越開，漸漸變淡，最後逸失在依然澄澈的池水中。

她覺得好冷，即使裹著毛巾，一直想著自己真是幹了件蠢事，弄壞了錶，還沾染了池水。那不是固定週期的血，那是受傷，心又被挖空一些，直到全然空無。這果然是好運動，才游一下便好累，她要回去好好睡一覺，練習在空蕩蕩的房子裡游泳。

廢公寓

1

小孩被困在這間五層樓的公寓裡了。

小孩只是想撿顆滾到裡面的球，他原本只是對著巷底的那一面牆獨自彈接著球，那裡有一整片高聳新穎的大樓傾壓下來的陰影，比起毫無遮蔽的空地，這裡陰涼僻靜得像是爬滿雜藤的老屋。

「我才不要像他們在那邊晒太陽咧。」小孩看著鄰近的空地那一群與他年齡相仿的孩童正在熾烈的陽光下玩著足球。

他用力地把球朝那面爬滿灰潮的牆扔擲過去，發出極大的聲響，他彷彿看見那團盤據在他周身的，鬱重瀰漫的陰影已經被他打出一道裂痕。

（若裂痕再大一點，能夠讓他走過去的話，會在那片令人睜不開眼的強光中成為一名守門員嗎？）

等小孩回過神來，球已經彈離那片依然堅厚濕黑的牆，在那棟公寓破敗的大門邊際閃現最後一躍的身影。

小孩有點害怕，他走到這棟被叢密高翹的新式建築擠壓到巷弄最底層的，彷彿再下一刻就要像是燒熔的蠟般塌陷到地底似的老舊公寓前。小孩抬高了頭，看見那一層層樓梯間的小窗不斷向上排列，每一扇都虛軟地攤流出沾滿了灰塵的暗光，那些外牆的磁磚斑駁地像是只有用膠水浮貼著一樣，小孩此刻站在公寓的大門前，那扇門隨著不知從何處吹來的風嘰嘰嘎嘎地顫晃，裡面沉黑得像是有巨大野獸蟄伏的洞穴。

小孩越看越怕，他開始謹慎地思量著到底要不要放棄那顆球。

其他人都可以很輕易地放棄些什麼：陽光在巷底的死角放棄了陰影；新潮的別墅建築放棄了這棟公寓；那群小朋友們放棄了他；球也放棄了他；父親母親也因為大量的工作放棄了他；空蕩蕩的家放棄了他。

小孩倒退走了幾步，他想他也不是真的喜歡玩球，以後就不要玩球了。

突然有一條移動的長影覆疊拗折在小孩的身上，小孩回頭看見一個穿著西裝的中年的叔叔，後面還跟著一個年輕男孩。

「你在這裡幹什麼？」叔叔問小孩。

「我……我的球要撿，在……裡面。」小孩被他嚴肅的臉震懾得羞怯怯的。

「趕快進去。」叔叔推著他走進了公寓裡，然後那個年輕男孩也走了進去。

門被迅速合攏鎖上，小孩陷入自公寓裡每個孔道漫溢出來的黑暗裡面，像是被吞到鯨魚的肚子裡一樣，他什麼也看不見。

他只聽到那兩個人的腳步聲，一個是叔叔疾疾的向上踏階的聲響，另一個是被叔叔過大的音量而掩蓋過去的，年輕男孩疲軟沒勁的腳步聲。

「砰。」又是一道門被關了起來。

2

年輕男孩走進那名男人的公寓，找了一張最近的沙發，沉沉地躺了進去。

他發現公寓裡面布置得十分整潔，暗褐光潔的木色充斥了整個空間，高高的木櫃裡面放滿了一瓶瓶他沒有看過的酒，他聞到雅致的香味在室內飽滿地流動。中年男子在臥房裡背對著他，似乎正在把放在床上的衣物整把抱起。

他看見男人手中露出一件連身的，粉紅色的女性睡衣。

他覺得無聊極了，拿出了手機，翻看收到的訊息。

（今天下午三點，我開車去接你，約在哪？ 2020/07/22 10:25）

（小U，還要不要再約一砲，跟上次一樣兩千可以吧。 2020/07/20 01:43）

他將這些來訊打開，看過一遍之後再刪除掉。刪到只剩下最後一列，署名是姊姊傳來的訊息。

（媽媽放棄了，她叫你永遠都不要回來，我也沒辦法了，有事跟姊聯絡。 2019/10/08 19:02）

他彷彿可以看見母親的眼神從這封存放在最底層的訊息撲翅而出，像是被放出來的籠鳥一般，不斷地啄刺著他，那是幾近死去且毫無光影閃動的，像是兩蕊萎敗皺縮的死花一般的眼睛。

母親在最後深深地看了他一眼，然後什麼話也不說便眨閉了眼轉過身去，那就像是所有的光源在那一瞬間被母親啪嗟切滅。他從那一天以後，便赤裸地輾轉遷徙在每一盞不同男人所擁有的不同光度的燈下。而眼前這個男人的燈綻射著敞亮雅潔的光。

「我先去洗澡吧，呃……要跟我一起洗嗎？」男人從背後搭上了他的肩，生澀地問他。

「我洗過了。」

「那……你先在床上等我吧。」

他坐在床畔，床安靜地緩緩凹陷，水聲在緊掩的門後不停潑灑著，他彷彿可以看見那些滾圓晶亮的水珠滑過男人緊實而肌理分明的身體，黝黑精壯的肌膚在水跡的鋪染下，折閃出令他迷惑的亮光。

那是一具好像隨時蒸騰著生猛熱氣，充滿力量的活的身體啊。

他開始一件一件小心翼翼地脫起衣服，他覺得他的身體像是一盤餿掉的菜餚。母親以前總會神經質地捏著鼻子，將那些酸敗的食物傾倒在袋子裡，他覺得他的身體也像是那些被母親扭曲著五官嫌惡的穢物，經過母親幽長的產道收縮推擠之後，便被扔棄在一堆浮白油腥的廚餘裡，黏膩地陷卡在其中開始慢慢地發臭腐敗。

他想要擁抱那具誠實的身體，男人會用活躍的身體誠實地灌溉他，他是被這些男人需要著的，他的身體在那些炙熱到好像有一整片熱烈日光曝灑下來的昏茫時刻，像是一個發散充盈著神光的巨大容器。

男人後來帶著沐浴後的香味進入了他，他們在床上翻滾，他感覺到男人不停地對著他貫注著無盡的熱氣，他被烘烤成一塊燒紅的炭火。

男人最後在他體內激烈地顫抖，男人在那一刻像是一朵舒展的花朵正在經歷最後一場繁盛的花季，他的身體也像是從滿地的殘花中重新迴帶逆生，重新長成一枝昂揚華美的花，他的身體是眼前這個男人的，不是母親的，他興奮地達到了高潮。

男人翻離了他的身體，像是被男人褪下的垂皺的保險套一般，男人無力地縮躺在床上，閉緊了眼睛。

他想要喝一杯水，男人對他說水在廚房，他裸著身走了過去，穿過窄黑無光的走道，他看見水壺被放置在廚房的一角。

他走進廚房，卻看見一個女人屈著身子蹲在角落，萬分驚恐地直視著他。

「妳是誰？」

「我是他老婆。」

他的肚子上沾黏了幾滴自己的體液，那個女人的臉在他面前像是被用力扭絞的抹布，五官扭曲纏結成極為痛苦詭異的畫面，他感覺到肚子上白濁的痕跡迅速緊縮風乾，像是吸盤一樣緊緊地抓附住他的皮膚。

3

老舊的壁面上泛黃沉重的色調像是向下崩落的土石，坐在樓梯上的小孩並不知道球滾到哪裡去了，他左右張望，突然覺得自己像是一尊被嵌放在泥坑裡的土偶，像是日本鄉間的地藏王菩薩那樣。

小孩抱著膝蓋，他想就坐在這裡好啦，玩球也沒那麼有趣，陰涼的寒氣從黑暗裡的神祕裂口湧出來，在狹窄的公寓樓層間像是怨靈盤旋飛梭，小孩背上的汗漬漸漸由濃密的潮黑消散在公寓裡悶窒寒涼的空氣中。

小孩聽到樓上傳來女人的尖叫聲，那像是一條細長的絲線迅速蜿蜒貫串了整棟公寓，將公寓扯動得好像都微微搖晃了起來。

在那一聲尖叫之後，有什麼東西破裂了——玻璃杯、窗戶，還是樓梯間的牆壁上淺細的裂紋。那個女人會不會是站在一片巨大而透明的玻璃上，她已經聽見自己腳底下破碎的，那些瘋狂抽長的紋路好像正在舞蹈的聲音，她就要跌落，她會發現玻璃有如樹枝般橫生的裂縫居然綿延到她的雙腳。門被用力地打開，她往下奔跑，跑過小孩的身邊，小孩感覺到一陣急急切來的風，汗的味道，她經過樓梯的轉角，最後完全消失。

小孩覺得她一定是哪裡破碎了，如一尊被砸在地上的陶瓷娃娃，一邊跑著一邊一塊一塊地剝落，直到最後完全瓦解。

三樓的門大大地敞開著，剛剛小孩看過的叔叔和男孩沒穿衣服，就像是那種被安置在泥坑裡的地藏王泥偶，呆愣而木然地站立在滿地玻璃碎片上。

小孩覺得他們所處的空間像是一塊充滿了裂縫的大窗，再下一刻，或許他們就會被病毒般蔓延的碎痕全部塌解。

4

小孩走上四樓，一個老人好奇地站在樓梯間朝三樓張望。

老人穿著薄薄的汗衫和鬆垮垮的四角褲，小孩聞到酸腐的汗味從老人微微隆駝的背上泛流出來。

老人應該是住在四樓吧。四樓窄小的空間裡放滿了雜物，掉了漆的櫥櫃上面堆疊了好幾臺老式新式皆有的音響，散落在四處還有一大疊一大疊布滿黃斑的書，和被包在粉紅塑膠袋裡的衣服，蒙上了一層暗沉光澤的鍋盆像是退休士兵蒼老地被棄置在擁擠的角落，還有好多雙鞋被凌亂地疊放在一起，有皮鞋，高跟鞋、球鞋、拖鞋、涼鞋……所有東西皆像是迢遙地翻越過斑駁漫長的悠悠時光，最後無比疲累地卸下一身行囊，在老人的居所外頹廢地歪倒沉睡。

「這些都是我撿回來的。」老人對四處窺看的小孩說。

小孩看著那些被錯綜草率地放置而顯得如此傾斜危墜的繁瑣物品，不禁覺得那些物品皆在隱微地晃動著，會不會只要他略微一動，包圍的雜物便會被空氣牽動而劇烈震動，像是一群發怒的羚羊一樣將他層層踐覆。

「我家裡還有很多有趣的東西，你要不要進來看看吶？」老人拉著小孩的手，轉身往門內走去。

小孩有點畏懼，老人乾燥粗厚的手重重地包覆著小孩微滲著汗的小手，小孩敏感地觸到老人爬滿深紋的，像是戴著一雙破爛手套的手，彷彿小孩只要一抽出手，那些深厲的刻痕便會硬生生拗斷老人殘破不堪的手。

小孩跟著老人走進同樣擁擠紊亂的室內，避越過一叢叢隨意綑綁並不知是什麼的東西後，頭暈目眩的小孩便看見那貼滿一整片牆，大小不一的剪報。

那些密密麻麻的圖片在那一瞬間像是成群的螞蟻，張掀著尖利的螯口，蝕咬著小孩弱小的眼瞳。風鑽過老人家裡破開的紗窗，將那一整片貼得不牢密的剪報吹呀吹的，小孩覺得那整片牆都要被吹得翻塌了。

「這些都是我兒子吶！」老人在地上抱起了一疊報紙，也隨手撿了一把剪刀。小孩看見地上散亂地橫置著發黃乾皺的舊報紙，還有一雙雙鈍重而布滿斑痕的剪刀，以及被放空了氣顯得乾萎的膠水瓶。

「他是一個歌星吶，就是在電視上打扮得漂漂亮亮的那種人啊。你看，這一張是他穿西裝的樣子，很帥啊。」

老人低著頭剪那些褪失了鮮麗色澤的報紙圖片和文字，想起兒子那些年裡純真地在他臂彎裡打呵欠，老人彷彿還可以聽見呵欠豐富的音階。老人微笑地想，原來那時候他就很會唱歌啦。他剪下一塊報紙，捏緊膠水沾了沾，貼在早已毫無間隙的壁面上。

「這是他演唱會的照片。」

老人湊近眼看著穿著鮮豔華美的兒子，直到目光的焦點像是放大鏡集中著日光一般，將圖片灼裂出一個巨大的人形黑洞，那就像是兒子自他懷抱中長成一個英挺的少年離開之後，被空洞的時光抽長的黝深甬道。於是老人開始蒐集每一份報紙，像是插進幻燈片那樣，把每一張兒子的圖片投影在那詭長的黑影中。

老人每日都在報紙堆中張大剪刀，滑過一張張兒子俊秀的臉龐，他剪開了所有站在他身邊的人物，有時候會不小心剪到兒子延展的四肢，最後他總是想些辦法把兒子修長的身形完整地裁出來。老人會瞇著眼睛溫柔地看著扁平而隨風捲動的兒子。

但是小孩卻感到害怕，他發現那片牆上貼滿的並不是老人的兒子，上面有各種男明星，甚至還有幾張女明星的照片。他還認識老人現在剪著的，竟是羅志祥的照片吶。小孩彷彿可以看見那些被錯收的明星們對他露出無奈的眼神。

「爺爺，我想回去了。」小孩站在門邊對老人說。

老人突然睜圓了眼睛勾望著小孩，小孩甚至可以看見那裡面不斷衍生血絲。小孩覺得老人自他老朽凹皺的眼窩像是變魔術一般，無止境地挖出一顆又一顆眼珠朝他擲來，眼珠在他眼前趨近放大，小孩看見在那透明渾圓的水晶體中如火山漿岩洶洶湧動著的，灼烈的憤怒。

「你要去哪裡！」老人憤怒地嘶吼，他目光迷茫地望著小孩。他看見他的兒子站在那兒，提著一袋沉重變形的行李袋，與門外的黑影一同沉默地流動，像是一瓶盛滿的墨水。

老人的兒子後來像一個機件磨損的機器人那樣，遲緩笨重地回過頭來，對老人說：

「我只是跟同學去臺北玩啊，爸。」

老人就這樣看著他的兒子消逝在快速合攏的大門之後，再後來的畫面迅速地從老人面前流過，屋內所有的光照像是一條白布幔被翻收捲束在無止境的幽暗中。

老人覺得兒子就像是脫軌的衛星，遠遠飄失在那如宇宙般浩闊而失去定位的黑暗裡。老人自此之後亦被封凍在屋內，與日益濃稠發臭的黑暗一齊快速地朽敗。

小孩不敢關上門。老人呆愣地坐在地上望著他，小孩覺得老人是一艘壞毀的船，逐漸沉落到那老舊凌亂，被老人撿拾回來的廢棄物所增生的陰影裡。

小孩小聲地離開了，他聽見風吹過那些破碎紙張發出沙沙碎亂的聲響，像是漫天飛散的落葉，一層一層地飛降下來把老人掩埋了起來。

小孩抬起頭，彷彿看見爸爸媽媽的剪報也從天上飄落下來。

5

小孩遇見一個女人，女人手上拿著一個洩了氣的球皮。球上有小孩熟悉的色彩及紋路，那正是小孩丟失的球。

女人無力地坐在樓梯上，她的身體弓曲得像一道晦暗的彩虹。她把玩著那一張頹軟的球皮，甚至湊到嘴邊，想把球給吹回原來的樣子。

「對不起，那應該是我的，我正在找那顆球。」小孩指著那張球皮。

「它破了，裡面的氣都沒了。」女人又朝裡面吹了口氣，但是那些噴吐的氣息全都拍擊在球面上發出清脆的聲響。

女人一直吹著吹著，像是要把她體內充填的空氣全一股腦地灌注到那顆球裡。

「球就應該是圓的啊，小弟弟。」

小孩也坐在低一些的樓梯上，聽著女人的嘴唇像扇葉一樣啪啪的運轉。小孩知道球是不可能會被吹回原來的樣子的，那些強勁的氣息全都如煙霧散鬆軟地飄逸。

小孩想起一個畫面。

那是每天晨起時，小孩總醒覺在一個陽光飽滿的空屋內的畫面，爸爸媽媽皆像是被過白的陽光塗改消除，從家裡陡然消失。明明昨天晚上還在那張沙發上看著電視；在那張床上陷入深眠；在那張餐桌上吃食，怎麼僅是一闔眼，父母親便像是與他捉迷藏一樣從家裡各處神祕地消失了。

小孩總是在這樣的畫面裡深深地懷疑著父母親其實是吸血鬼吧，像電影那樣，陽光將他們的身體燒燃成一團人形的灰燼，最後散逸在透亮的光照中。

爸爸媽媽只留下幾張百元鈔票在晶亮的玻璃桌上，陽光像是聚光燈打在那片玻璃桌上，紅豔的紙鈔像是星亮的火苗在燦亮的折光中翻轉騰躍。

小孩站在那一大片嶄新的煦光裡，像是被火圍燒般漸漸僵硬委頓在燦白的地磚上。

「吹不起來的，大姊姊。」小孩仰望著女人紅腫的雙唇。

女人的手焦躁地來回撫觸著縮癟的球皮，彷彿是正在確認是否那些氣體皆徒勞無功地成為散落一地的疲弱響聲。她悲傷地凝望著小孩，像是所有的希望都被小孩說出的，有如持著利刃的話語給滅殺殆盡。

「我剛剛殺了人，你知道嗎？」女人更用力朝著破孔吐著氣。

小孩驚異地打量著女人，纖弱的手臂和身形，連此刻糾繚在她身上灰黯的愁鬱都像是沉重的山石負壓著她，怎麼可能殺了人呢？

小孩暗暗地想，會不會自己就是那個被女人殺死的人呢？其實自己已經死去，只是因著人世的執念而堅持遊蕩不去。他覺得可能真是如此。

難怪小孩會經歷日復一日詭異而荒謬的，像是全世界只剩下他一個人的孤寂早晨，小孩就是在那個無人的早晨被這個女人殺死，然後在無人踩踏而顯得如此潔淨的地板上流淌出一汪膩滑的血澤。原來並不是爸爸媽媽消失了，是自己消失了。

這樣子爸爸媽媽會不會在接收到他的死訊的時候，赫然從繁重的公務中重新發現，原來自己還有一個兒子，而且已經不幸地死去了呢？

會不會是這樣呢？

小孩覺得自己一定是眼花了，他看見女人已經把球給重新吹飽，她將球塞進自己的衣服裡，她的肚腹從外面看過去就像是個孕婦一樣。

「我殺了我的小孩。」

女人面容陰沉，她在那一刻是個被空氣灌飽而撐起人體骨架的充氣娃娃，她身上又突然被挖出了一個大洞，傳出氣體朝外噴射的聲音，女人所有的內臟皆被壓縮排出，小孩也挨縮著身體從女人的洞裡排放出來，女人最後變成一條空乏的乾球皮，小孩落墜在地上成為一個皮膚尚未展舒的死嬰。

小孩眨眨眼，原來只是錯覺，女人捧著凸圓的肚子說她要回家了。

她往上走去，小孩看見女人在更上面的階梯蹲了下來，她像是拔除了支架的建築頹倒大哭，球從她扁平的肚皮上滑落下來。

小孩走過去撿起了那張又皺縮回去的球皮，他聽見女人被淚水沖擊得歪歪斜斜的音聲顫抖地說：「我也被那男人殺了……」

小孩趴在樓梯的扶手上，看著迴旋的樓梯中央垂瀑般向下流伸的黑影，他把球狠狠地丟下去，黑暗瞬間像是有生命的蛀蟲爬蓋在球上，將逐漸縮小的球紛紛撕裂溶解。

球就這樣消失在公寓的底層，小孩也悲傷地哭了起來。

6

小孩在公寓裡奔跑了起來，他從女人所在的五樓激動地向下跑，他跑過四樓看見老人的門依然大開著，那個樓層黑漆漆的，而且有一股腐臭的氣息暗暗竄流在那些雜物之間。

小孩跑過三樓，門緊緊合攏，門縫並未吐出一張白亮的舌，所有的鞋都被屋裡的人們穿走了。

小孩跑過二樓，他聽見屋裡傳來大聲的，互相傷害的話語。

（媽妳知不知道妳很煩吶。妳是故意要找我吵架的吧。）

（我生你有什麼用啊，還不如養一條狗。）

小孩氣喘吁吁地蹲跪在一樓住戶的門外，他覺得這棟公寓奇怪極了，彷彿從每一個住戶的窗都茁生出怪異扭曲的爬藤植株，若往窗內覷探，會看見那些人們喃喃地獨自表演他們各自像連續劇一樣的故事，然後那些自他們體內蔓生出來的植株便得到富足的養分，更結實歪曲地紮箍著整棟公寓，像是童話裡被荊棘封鎖的城堡。

小孩誇張地想，會不會當他走出公寓，他會看見整座城市高矮不一的建築都被戟張而龐碩的荊藤緊實地包覆住了，被困在裡面的人們皆著魔地舔舐自己正隱密泌血的創痕。

小孩覺得他們身上滿布裂痕，是因為從家裡墜落，沒有被任何人接住，全身骨肉在地上發出脆亮的、毀滅性的響聲，再像鬼故事說的那樣一再輪迴。

小孩抬頭瞥見他所駐留的這戶人家，貼上了幾張好像是小孩子繪製的春聯，字跡鬆散草率，春聯上面寫了這些字：爸爸媽媽都陪我，全家一起笑哈哈。

最上面還貼著一條橫幅：ㄏㄜˊ家團圓。

小孩想起這是他的家，那些春聯是他小時候就寫好貼在那裡的。

小孩知道爸爸媽媽還沒回家，他拿出了冰涼地臥躺在口袋深處的一串鑰匙，打開堅厚的鐵門，再翻出另一把鑰匙，打開裡層的木門，屋內沉澱存封了一整天的黑暗便大規模地撲流出來。

小孩熟悉地在黑暗的家屋裡避繞穿行，他打開燈，打開電視，打開冰箱找出一袋沒吃完的洋芋片，再打開可樂，他坐在沙發上，看著光影駁雜的電視，小孩覺得自己孤單極了。

桌上的鈔票還是放在那裡，小孩拿起來放到自己房間的抽屜裡，裡面全是爸爸媽媽每天早上留下的鮮紅鈔票。

小孩倦累得躺在自己的床上，肚子空空的發出幽深回音，他安靜地等待著爸爸媽媽的歸來。

小孩快要睡著了，他彷彿從床上浮了起來，他看見城市像是一張巨大的黑絨布，上面挖滿了一個個方正的，透著光照的窗形，由遠而近密實地排列延伸，他看見每一扇窗後都站著一個逆光而面貌模糊的孤長人影，那些人影皆像是一個巨大無底的容器，裡面裝滿了他們各自畸異的身世。

老人的兒子變成各種明星用花俏多樣的音階叫著老人「爸爸」；年輕男孩、叔叔，還有那個尖叫的女人三個人，一起沒穿衣服，擠在小小的床上；失去孩子的女人變成一顆再也吹不飽的破球。

全都變形了，他們像是被強烈的輻射侵照，變異出怪奇的形狀。

然後十分突然地，那些人影突然像是集體接收了某種指令般從那眼眶般的窗口滾落。小孩覺得那接二連三跌墜的人影像是自城市的眼眶中汨流的淚水，在漆黑的夜空中曳拉出一條條煙花般的紛繁落痕。

小孩發現自己也趴伏在一扇窗上，他看見自己的爸爸媽媽無可挽回地變成那抽屜裡一張一張數不完的鈔票，像焚燒的火。

他覺得有股力量從後方在推擠著他，逼他墜落，回頭看見燦白的光正在迸裂，黑暗從那些縫裡冒湧而出，交叉的裂紋從各個角落綻射開來，就快要攀附到小孩身上。小孩驚惶得閉上眼睛，光瞬間全像是碎掉的玻璃一樣剝落消失。

最後他蒙著棉被睡著了，又比黑暗更早入睡，夢裡依稀有光。但是整棟公寓，乃至於整座城市被掩埋在深邃廣漠的黑暗裡。

後記

【後記】

我的寫作——不做夢的時候

我的寫作，是從小說開始的。

大學的時候，高中同學都跑去北部讀書，我留在高雄，住家裡省錢，每天繼續聽媽媽的話，好像還被裝在書包裡，和每一本書認真準備所有考試和報告。雖然讀著自己愛的文學，卻開始想用文字做些難以預料的事，比如說毀滅一些人事物。

我的家很尋常，有許多黑洞，時間流過去的時候，仍會颳起疼痛的風聲。在家裡不說話的時候，我和媽媽的臭臉將空氣燻得稀薄，每次向彼此開口，慎重地像要重修舊好。我們都是巨蟹座，總在情感的水波裡對彼此揮舞巨大變形的螯。我不知道哪裡出問題，用「狼人殺」的術語來說，我沒有視角，還暈著，無法用散文盤出一個邏輯。

但在小說裡，我可以傷害，卻不用被傷害。

我謀害各種家人，施虐主角，揭穿他們在家庭裡破敗不堪的處境。家庭可以是編造無數荒謬情節的劇場，家人可以在家裡隱形，可以施暴、報復，甚至置之死地，可以日復一日地拋棄、消耗、遺忘彼此，甚至可以釀著純粹的惡。或許正因為是家和家人，才能身心放鬆地殘虐，所有暴戾冷血因此全有了歸屬感。

小說人物替我滅亡，我卻用文字扼守城垣。記得寫〈愛人〉的時候，真的和小說裡一樣，是在一個無人在家的深夜。那時不忙著做夢，我寫作，邊寫邊流淚，為那在電腦浮標間躲藏的孤獨少年而哭。大學畢業後很多年停筆不寫，也不重讀，等到博士班重拿這篇小說到課堂討論。那時已當老師好幾年，剛成為父親，仔細讀完之後，訝異我竟以文字挽留了一個這麼令人心疼的少年，如此憂鬱，卻克制著只讓刀子在寂寥的空間發出聲響。

當時的我緊緊掐著感情的泥，捏塑出一篇能供人閱讀與討論的小說，一起旁觀他人的痛苦。最後關上檔案，睡一覺，媽媽可能便提著早餐回來了。

新生兒穩定下來之後，加上我妻威武，我重新開始寫作，認真生活，終於學著寫散文，對我而言，小說變得很難。家庭的矛盾沒有少過，但不太有時間再想「如果我要……」，大多只能是「現在我必須要……」，或是「想當時我……」的事後追憶。

我總在學生月考時，坐在講台上用餘卷與紅筆構思小說，可能因為被困在時間裡，就必須設法投身至另一個虛構世界。也因為年紀大了，有些寫作想法若沒有立即記下，一定忘光，入睡前在腦中極力搜索，也只像用手指戳在一窪糊平泛乾的泥，然後也靜靜地在睡眠裡把自己敷乾。對此，也不再覺得懊惱了。

如果夜裡做了太多夢，我會對自己生氣，因為睡眠品質不佳，這一天頭將會猛烈抽痛。

年輕時那種渾身插滿沖天炮，強烈的傷人欲望，因為已到了需要養身保家的年歲，變成偶爾點亮的仙女棒，像賣火柴的小女孩一樣，用短暫的幻想慰藉自己，知道生命的熱意正節節燒退。

直到國藝會補助而必須在時限內創作完這本小說，感謝寶瓶亞君姊和丁六告知我願意編輯出版。我花很長時間反覆修改，時間的跨度、現在與過去的交雜、自我的對撞、對我以及生活的不滿，全部埋伏在字裡行間，每次修改，都被刺傷。

修改未完，疫情爆發，又趨緩，終於能帶小孩去電影院，看了《1／2的魔法》，爸爸在主角極年幼時便已過世，爸爸死前留下的魔法卻只喚回他的下半身，於是主角與哥哥踏上冒險，想把上半身變出來。最後主角發現不用一直執著地想填補爸爸缺席的記憶，因為哥哥早已是如父親般重要的存在。小孩開心地看完了，我卻偷偷掉眼淚。

我聯想到另一部是枝裕和的《橫山家之味》，劇中的寡婦對兒子說：「你有一半是爸爸，另一半是媽媽。」兒子接著問母親，他該如何看待繼父「小良」？母親回答：「小良以後會加入的，慢慢鑽進來……你想讓小良進去嗎？」同樣是面對死亡，樹木希林飾演的奶奶是這樣說的：「聽說冬天沒凍死的紋白蝶，到了春天就會變成小黃蝶。」

本來不想改動年輕時寫下的作品，最後也做了些微修改。看久《娛樂百分百》的「狼人殺」，發現各種表演、話術與欺瞞並非蓄意傷害，其實是為了捍衛同一陣營的夥伴，不論正義或邪惡獲勝，愛總有可能。

黃色的蝴蝶撲著光影，從小說裡黑暗的縫隙翻飛而出，再鑽進我的心裡。

我的寫作，始終是我的歷劫與歸來。

國家圖書館預行編目資料

歡迎來我家／沈信宏著. --初版. --臺北市：
寶瓶文化, 2020.7,
面； 公分. --(island；303)
ISBN 978-986-406-196-9(平裝)

863.57 109009217

Island 303

歡迎來我家

作者／沈信宏

發行人／張寶琴
社長兼總編輯／朱亞君
副總編輯／張純玲
資深編輯／丁慧瑋　編輯／林婕伃
美術主編／林慧雯
校對／丁慧瑋・陳佩伶・劉素芬・沈信宏
營銷部主任／林歆婕　業務專員／林裕翔　企劃專員／李祉萱
財務主任／歐素琪
出版者／寶瓶文化事業股份有限公司
地址／台北市110信義區基隆路一段180號8樓
電話／(02)27494988　傳真／(02)27495072
郵政劃撥／19446403　寶瓶文化事業股份有限公司
印刷廠／世和印製企業有限公司
總經銷／大和書報圖書股份有限公司　電話／(02)89902588
地址／新北市五股工業區五工五路2號　傳真／(02)22997900
E-mail／aquarius@udngroup.com

法律顧問／理律法律事務所陳長文律師、蔣大中律師
如有破損或裝訂錯誤，請寄回本公司更換
著作完成日期／二〇二〇年五月
初版一刷日期／二〇二〇年七月二十八日

ISBN／978-986-406-196-9
定價／三一〇元

本書榮獲 國藝會 NCAF 贊助創作

AQUARIUS 寶瓶 文化事業

愛書人卡

感謝您熱心的為我們填寫，
對您的意見，我們會認真的加以參考，
希望寶瓶文化推出的每一本書，都能得到您的肯定與永遠的支持。

系列：Island 303　**書名：歡迎來我家**

1.姓名：＿＿＿＿＿＿＿＿　性別：□男　□女

2.生日：＿＿＿年＿＿＿月＿＿＿日

3.教育程度：□大學以上　□大學　□專科　□高中、高職　□高中職以下

4.職業：＿＿＿＿＿＿＿＿

5.聯絡地址：＿＿＿＿＿＿＿＿＿＿＿＿＿＿＿＿＿＿＿＿

聯絡電話：＿＿＿＿＿＿＿＿　手機：＿＿＿＿＿＿＿＿

6.E-mail信箱：＿＿＿＿＿＿＿＿＿＿＿＿＿＿

□同意　□不同意　免費獲得寶瓶文化叢書訊息

7.購買日期：＿＿＿年＿＿＿月＿＿＿日

8.您得知本書的管道：□報紙／雜誌　□電視／電台　□親友介紹　□逛書店　□網路　□傳單／海報　□廣告　□其他

9.您在哪裡買到本書：□書店，店名＿＿＿＿＿＿　□劃撥　□現場活動　□贈書

□網路購書，網站名稱：＿＿＿＿＿＿　□其他＿＿＿＿＿＿

10.對本書的建議：（請填代號　1.滿意　2.尚可　3.再改進，請提供意見）

內容：＿＿＿＿＿＿＿＿＿＿＿＿

封面：＿＿＿＿＿＿＿＿＿＿＿＿

編排：＿＿＿＿＿＿＿＿＿＿＿＿

其他：＿＿＿＿＿＿＿＿＿＿＿＿

綜合意見：＿＿＿＿＿＿＿＿＿＿＿＿＿＿＿＿＿＿＿＿＿＿＿＿

11.希望我們未來出版哪一類的書籍：＿＿＿＿＿＿＿＿＿＿＿＿＿＿

讓文字與書寫的聲音大鳴大放

寶瓶文化事業股份有限公司

（請沿此虛線剪下）

廣 告 回 函	
北區郵政管理局登記	
證北台字15345號	
免貼郵票	

寶瓶文化事業股份有限公司 收

110台北市信義區基隆路一段180號8樓

8F,180 KEELUNG RD.,SEC.1,

TAIPEI.(110)TAIWAN R.O.C.

（請沿虛線對折後寄回，或傳真至02-27495072。謝謝）